中华先锋人物
故事汇

竺可桢

中国气象学之父

ZHU KEZHEN
ZHONGGUO QIXIANGXUE ZHI FU

陈华清　著

党建读物出版社　接力出版社

图书在版编目（CIP）数据

竺可桢：中国气象学之父/陈华清著．—南宁：接力出版社；北京：党建读物出版社，2024.2

（中华人物故事汇．中华先锋人物故事汇）

ISBN 978-7-5448-8482-2

Ⅰ.①竺… Ⅱ.①陈… Ⅲ.①传记小说-中国-当代 Ⅳ.①I247.5

中国国家版本馆CIP数据核字(2024)第016663号

竺可桢——中国气象学之父

陈华清 著

责任编辑：	孙微巍 刘玉玉
责任校对：	阮 萍 高 雅
装帧设计：	严 冬 　美术编辑：高春雷
出版发行：	党建读物出版社 接力出版社
地　　址：	北京市西城区西长安街80号东楼（邮编：100815）
	广西南宁市园湖南路9号（邮编：530022）
网　　址：	http://www.djcb71.com　　http://www.jielibj.com
电　　话：	010-65547970/7621
经　　销：	新华书店
印　　刷：	北京科信印刷有限公司

2024年2月第1版　2024年2月第1次印刷
787毫米×1092毫米　32开本　5.5印张　80千字
印数：00 001—10 000册　定价：25.00元

版权所有　侵权必究

质量服务承诺：如发现缺页、错页、倒装等印装质量问题，可直接联系本社调换。
服务电话：010-65545440

目 录

写给小读者的话 …………… 1

爱乱涂乱抹的阿熊 …………… 1
"问天"的孩子 …………… 5
青石板上的水窝 …………… 9
苦和甜 …………… 15
学堂里的"拼命三郎" …………… 19
两个"学霸"朋友 …………… 23
你不能叫他"pig" …………… 27
放飞的鸽子 …………… 33
玉米地里的大学 …………… 37
研究"天"的秘密 …………… 41
想"上天"的八妹 …………… 49

最受学生欢迎的老师············57

樱花哪天开············65

西北风和西南风············75

不一样的观象台············79

从北极阁播出的天气预报············85

探空气球和探空风筝············91

昔日双飞今独来············97

"东方剑桥"的美誉············105

投桃报李建大堤············111

游行队伍里的跛脚教授············117

给苏步青的"通行证"············123

为于子三伸冤············129

新生活开始了············135

不得不打的报告············141

菊香书屋谈天地············149

向太空进军············155

最后一篇日记············159

写给小读者的话

"立春过后,大地渐渐从沉睡中苏醒过来。冰雪融化,草木萌发,各种花次第开放。再过两个月,燕子翩然归来。不久,布谷鸟也来了。于是转入炎热的夏季……"

亲爱的小读者,你们读过这段文字吗?它写出一年四季的变化,语言像诗歌一样优美迷人,画面像美景一样赏心悦目。它来自《大自然的语言》一文,作者是竺可桢。

竺可桢从小就对大自然很好奇,看见雨纷纷,就问为什么天会下雨,看见云飘飘,就问为什么云会在天上跑。妈妈回答不了他提的问题,就叫他多读书,将来揭开"天"的奥秘。

竺可桢出生于清朝末年,从小目睹西方列强入侵中国,山河破碎,老百姓过着悲惨的生活,他明白了落后就要挨打的道理,于是刻苦学习。一九一〇年,竺可桢通过严格的留学考试,取得公费到美国读书的资格,他先后获得哈佛大学气象学硕士、博士学位,成为我国第一个气象学博士。他拒绝美国的优厚待遇,抱着科学救国的信念,回到多灾多难的祖国。

竺可桢创建了中国大学第一个地学系和气象学专业,编写了《地理学通论》和《气象学》讲义,成为中国近代地理学和气象学的奠基教材。他在南京北极阁建立国立中央研究院气象研究所,研究物候及气候变迁;组织高空探测,在全国各地建气象测候所;坚持不懈地斗争,从外国人手里夺回中国气象主权……他被称为中国气象学之父。

竺可桢任浙江大学校长十三年,为使浙大师生免遭日本侵略者毒手,他率领师生西迁,流亡办学近十年,以"求是"为校训,把浙江大学打造成为闻名遐迩的"东方剑桥"。

竺可桢把西方自然科学和东方传统文化完美结合,其科普文章《大自然的语言》等入选人教版语文教材。后人把他的作品结集为《竺可桢全集》,全集共二十四卷,约两千万字,展现了他精彩的人生道路及丰硕的学术成就,对二十世纪中国的科学史、教育史、文化史、社会史等研究都具有重要的参考价值,是一笔宝贵的精神财富。他与袁隆平、钱学森等被评为"中国十大科技传播优秀人物"。

让我们打开这本书,读一读这位科学家的故事,了解他"问天"的奥秘,领悟他"求是"的精神,学习他"科学强国"的信念。

爱乱涂乱抹的阿熊

　　三月的江南，春天的暖阳驱散了料峭的寒风，和煦的春风吹开了美丽的杏花。

　　鸟妈妈带领小鸟欢快地飞翔，落在河边的桃树上，又飞到青青的草丛中，惊起在草丛中翩翩起舞的蝴蝶。树上桃花朵朵，花香扑鼻，引得蜜蜂纷纷来采蜜。

　　浙江省绍兴县东关镇（今属绍兴市上虞区），是宁绍平原北部的一个小镇。江南水乡河汊交错，镇上人家临河而居，前街后河，枕河而眠。街巷不宽，房屋多是白墙黛瓦。

　　镇上一条小河，两岸杨柳依依，柳枝垂到河中，春风吹拂，随风舞动。河面的石拱桥上，穿梭着为生计奔波的人们。桥下河里的乌篷船迎来送往。戴着旧毡帽的船夫划着桨，唱着欸乃（ǎi nǎi）的江南小调。渔夫从船上撒网捕鱼，捕获生活微薄的希望。

船家把一船船大米运到码头，帮工接过一袋袋米，踏着青石板铺的路，扛到米铺。一个个身穿蓝布衣的女人，沿着青石铺的台阶走到河边淘米、洗菜、洗衣。

东关镇的一户竺姓人家，住在米行对岸大木桥南边的竺家台门。竺家原来生活在东关镇保驾山，世代面朝黄土背朝天，在土地里刨食，到了竺嘉祥这一代，地少人多，生活艰难。为了生存，竺嘉祥借了点钱，到东关镇开了一家小米铺。竺嘉祥二十岁左右时，与顾金娘拜了天地，夫妻俩起早贪黑，诚实经营，生意越来越好。几年之后，他们在镇西的米市街西头，开了承茂米行，后来跟人合股开了烛行，叫源泰烛淘。生意红红火火，夫妻俩恩恩爱爱，先后生下两个儿子、三个女儿。

一八九〇年三月七日，在融融春光中，竺宅又传来婴儿的啼哭声，这个婴儿就是后来名扬天下的竺可桢，小名阿熊。

阿熊是他们的第六个孩子，也是最小的孩子。竺嘉祥希望阿熊将来能有出息，成为国家的栋梁之材。于是，他请镇里的教书先生给阿熊起个好名字。

教书先生说"桢"字好。"《山海经》云：'又东二百里，日太山，上多金玉、桢木。'"教书先生停了一下，又捻着胡子说，"桢，是古代打墙时所立的木柱，是主干，引申为支柱。用'桢'字做名字，表示坚强不屈，敢勇当先。"竺嘉祥大喜，给小儿子取名"可桢"，又名绍荣、烈祖、兆熊，字藕舫。

竺嘉祥、顾金娘很重视孩子的教育，送两个儿子可材、可谦到私塾读书。

一天，兄弟俩放学后在家温习功课。阿熊坐在矮凳子上听二哥念书，看大哥写字，一时心生好奇，抢过笔也要写，大哥不同意。阿熊便耐着性子等，他趁哥哥们出去吃饭时，悄悄溜回来，抓起笔在哥哥的本子上东涂西抹。哥哥们回来，看见阿熊边乱画边嘻嘻笑，一副很享受的样子。

"阿熊,你干什么!"大哥大声叫着夺过本子。阿熊从来没见过他发这么大的火,吓得大哭起来。

听到哭声,爸爸妈妈急忙赶来。了解情况后,爸爸说:"阿熊,你想写字是好事。可你没经哥哥同意,就在他的本子上乱画,对不对呢?"

阿熊停止抽泣,低着头说:"不对!"爸爸叫阿熊向哥哥道歉,他弯着身子说"对不起"。此后,家里人谁有空谁就教阿熊认字。

大哥送给阿熊一个本子,让他按要求把学到的字写下来。后来,阿熊还把学到的句子记下来。不会写的字就画个圆圈,或者是画画代替。比如,桃花开了,布谷鸟叫了,他不会写"桃花""布谷鸟"这些字,就画一朵桃花、一只布谷鸟代替。

"问天"的孩子

一天,妈妈和大姐带阿熊去赶集。回家的路上,鱼鳞似的白云布满了天空。

"哇,天上的云真好看!"阿熊停下脚步,痴痴地望着天空。

"'空中鱼鳞天,不雨也风颠。'要变天了,咱们赶快回家。"妈妈说。

见阿熊不肯走,大姐扯着他的手,催他回家。

"妈妈,雨也会疯癫吗?"阿熊十分不解。

妈妈解释道:"不是'疯癫',是'风颠'。这是古人总结的老话,意思是说,天上出现像鱼鳞一样的云朵,很快就会下雨或者刮风。"

阿熊的眼睛睁得大大的:"真的是这样吗?"

大姐说:"是真的,妈妈也教过我。走吧!"

此时,燕子纷纷往低处飞,掠过河面;河里的鱼儿跳来跳去,好像要挣脱河水;成群结队的蚂蚁,好像急着赶路。阿熊被眼前的景象吸引,忍不住蹲下来观察。

"'燕子低飞蛇过道,蚂蚁搬家雨就到',是不是这样,妈妈?"大姐问。

"是这样,还有'鱼儿出水跳,风雨就来到'。阿熊听话,咱们赶快走!"妈妈也伸手扯阿熊。

妈妈和大姐都很着急,而阿熊却慢吞吞地,继续观察着眼前的景象,他觉得眼前的一切都太好玩了。他甚至希望早点下雨或者刮风,证明妈妈和大姐今天说的老话是真的。

回到家后,阿熊一直想着妈妈说的老话,走到书房的窗台前,看有没有下雨或者"风颠"。只见外面还是鱼鳞天,青石板路还是干干的,没有风,也没有雨。"哼,骗人!"他撇了撇嘴,在纸上乱涂乱画起来。

到了黄昏,风来了,越刮越大。天阴着脸,好像谁欠它的钱,惹它不高兴似的。在风的呼唤下,不一会儿豆大的雨点也赶来了。

"妈妈和大姐说的老话真灵。"阿熊兴奋地打开窗户，街上的人撑着油纸伞，匆匆忙忙赶路。雨点打在屋檐上，沿着黛青色的瓦片流下来。他偷偷打开大门跑到街上，瓦片上的雨水滴落下来，形成"雨帘"，阿熊忍不住伸手去接。

天为什么会下雨呢？是不是天上有条河，天破了，水流下来变成的雨？能不能像补衣服一样把天补好，不让雨落下来？阿熊有很多问题，于是他跑回家问大姐。

"可能是老天爷在流眼泪吧。"大姐胡乱答道。

阿熊惊讶道："老天爷的眼睛在哪里？他的眼睛一定很大很深吧，要不然怎么会下这么多的雨？"

阿熊又走到屋外，把手搭在眼睛上，仰着头寻找老天爷的"眼睛"，但始终没看见。他想，可能是大姐骗他的，天没有眼睛，应该是有个大窟窿。

晚饭时间到了，妈妈发现阿熊不在屋内，急忙带上雨伞出去找他。在窄窄的巷子里，她看见阿熊边走边望天，浑身湿漉漉的，还不时用小手抹一把脸上的雨水。

"哎哟，我的傻孩子！"妈妈把他拉到雨伞下，忙擦他身上的雨水。

回到家，妈妈给阿熊换衣服时问他："你刚才在找什么？"

阿熊说："找老天爷的眼睛，找天的窟窿。"

妈妈笑了："天哪有眼睛，哪有窟窿。"

阿熊眨巴着眼睛问："可天为什么会下雨？天有多少雨，为什么总是下个不停？"

妈妈愣了一下答道："我也不知道为什么。阿熊，你要想知道天的秘密，将来就好好读书，有学问了，就会明白了。"

兴趣是最好的老师。妈妈的话像一粒种子，播种在阿熊小小的心田。

青石板上的水窝

又是一个下雨天，阿熊伸手去接雨水，雨水划过他的小手，滴落到青石板上，溅起朵朵水花。雨滴落到水坑中，水花在水坑里一圈圈扩大，又消失。他蹲在地上看落雨，雨飘在他的身上，弄湿了他的衣服，他浑然不知。

爸爸见这孩子又在淋雨，便蹲下来问他在看什么。

阿熊指着一块青石板说："爸爸，您看这块青石板，这里有个小窝。别的地方为什么没有呢？"

"这是因为一直有雨水滴在这个地方，时间长了，它就凹下去了。"爸爸解释道。

阿熊睁大眼睛说："爸爸骗人！青石板那么硬，

我用铁锤敲都敲不动它。雨水力量那么小，咋会让青石板凹陷？"

爸爸微微一笑说："会的，阿熊。一滴一滴的雨水，看似渺小，没什么力量。可是，雨水坚持不懈地滴落在青石板上，时间长了，青石板就凹陷了。终有一天，雨水会把青石板滴穿！"

"雨水好厉害！"阿熊鼓掌。

爸爸说："阿熊，这就叫'水滴石穿'！"

阿熊眨眨眼睛，看看天，又看看石板，似懂非懂："您刚才说雨水坚持……"

爸爸说："是坚持不懈。不管做什么事情，都要努力，都要坚持到底，才能成功。比如，你每天认一两个字，一年就可以认几百个字啦。将来有一天呀，《康熙字典》里的字，你就全都会认啰。"

想到自己最近贪玩不认字，阿熊不好意思地低下头。

竺可桢五岁时，考中秀才的大哥竺可材，在竺家台门厢房设学馆，阿熊成了大哥的学生。

大哥主要讲蒙学读物，比如《三字经》《百家姓》等。阿熊读私塾前经常听大哥念这些，已经熟

青石板上的水窝

读成诵，于是大哥就让他念《声律启蒙》《史鉴节要便读》等，这为竺可桢打下了坚实的国学基础。

东关镇与乡村交界处，有一片茂盛的林子，林子旁边有一个水塘。暮春，大哥带学堂的孩子到水塘边春游。浅绿色的水塘中倒映着蓝天白云，小鱼在水塘里快乐地游来游去，就好像在天空中飞翔；青蛙就像坐在白云中呱呱叫，白色的肚皮一鼓一鼓的；水塘边林子里的小鸟叽叽喳喳地叫着，热烈地回应着青蛙。孩子们坐在水塘边，高兴地欣赏着这场春天里的"音乐会"。

大哥告诉孩子们，这里原来只是一个凹陷的坑，不知过了多少年，雨水越积越多，这里就变成了一个水塘。"这就是积水成渊。"大哥说，"《荀子·劝学》中说'积水成渊，蛟龙生焉'，你们知道是什么意思吗？"

见孩子们纷纷摇头，大哥继续说："雨水一点儿一点儿地汇积，就形成了深潭，蛟龙便从这儿产生。"

竺可桢认真地听大哥讲。他十分敬佩大哥，暗暗下决心要努力学习，做一个像大哥那样知识渊博的人。

后来，大哥到外面做事，不能再在家教书了。竺可桢非常不舍，大哥说的积水成渊的道理，他一直记着。

竺可桢后来从事气象、高空探测等研究，一辈子"问天"不已，爸爸给他讲的水滴石穿的精神，大哥教给他的积水成渊的道理，贯穿了他的一生。

苦和甜

晚清时期,维新思想兴起。废除科举制度,兴办新式学堂成为一种风气。受这种风气的影响,一些有识之士倡议在东关镇创办毓菁学堂,得到多方响应。毓菁学堂首届招生一百多人,其中就有竺可桢。

学堂名师章镜尘经常给学生讲浙江先贤的故事,如南宋诗人陆游的爱国故事、明代学者王阳明的人生轨迹等。先贤的思想和学识都深深地影响了年少的竺可桢。

这天,章先生为学生们吟诵《示儿》并赞扬道:"陆游一生爱国,到死都念念不忘中原的统一。你们要像他一样,立鲲鹏之志,好好读书,学本领，做一个爱我中华的人，将来为国争光！"

章先生告诉学生们，一九〇一年九月七日，清政府被迫签订了丧权辱国的《辛丑条约》，承诺赔款银四亿五千万两，分三十九年还清，年息四厘，本息共计九亿八千多万两。

为了偿还这笔赔款，清政府把债摊到老百姓头上，按当时中国总人口四点五亿算，摊到每个人头上就是二两多白银，为了还债，多少老百姓被压弯了腰，多少人家破人亡。

竺可桢听了，胸膛充满怒火，拳头握得紧紧的。他恨凶狠的侵略者，恨无能的清政府。小小的他此时就明白了：国家强大，百姓才有尊严，才有甜蜜的日子；国家衰落，百姓就如羔羊，只能任人宰割！

章先生说："我问你们：世间什么最苦？什么最甜？"

学生们叽叽喳喳议论开了。有的人说，药最苦，糖最甜。有的人说，没钱的日子最苦，有钱的日子最甜。

章先生认真听学生们的回答，时而微笑，时而皱眉。

竺可桢一边听同学回答，一边思考。他想起自家的情况，源泰烛淘因洋烛倾销，倒闭了。米行生意也难以为继。为了生存，爸爸把竺家台门那套房子抵押出去，全家人搬到承茂米行挤在一起住，大哥的工作也没了着落。竺家的生活每况愈下，幸得章先生不时接济，竺可桢才得以继续学业。

轮到竺可桢发言了，只见他站起来，严肃地说："先生，我认为，丧权辱国最苦，国富民强最甜！"

章先生忍不住喜悦，右手重重地拍了一下桌子："讲得好！你给大家讲讲，为什么丧权辱国最苦，国富民强最甜？"

竺可桢说："您刚刚说外国侵略者强逼中国签了很多不平等条约，割地赔款，老百姓苦不堪言。要是中国强大了，侵略者就不敢欺负我们；要是中国富强了，老百姓就能过上甜蜜的生活。"

"说得好！梁启超先生在《少年中国说》中写道：'少年智则国智，少年富则国富，少年强则国强，少年独立则国独立……'你小小年纪，就有这样的见识，真是了不起！"章先生对全班学生说，"国家不幸，但你们不能抛弃她，要拯救她！就像母亲病了，要给她治病，让她好起来！"

竺可桢在本子上写道："祖国就是母亲，母亲有难，儿女不能嫌弃她。我要努力读书，多长本领，拯救国家，酿出富国之甜！"

学堂里的"拼命三郎"

一九〇五年春天，十五岁的竺可桢以全校第一的成绩，从毓菁学堂毕业，考入上海澄衷学堂。

澄衷学堂是浙江省镇海人叶澄衷于一八九九年在上海兴办的，目的是帮助浙江宁波的贫困孩子读书，后成为有名的私立学校。

澄衷学堂课程设置比较多，有国文、算学、英文、化学、物理、图画、博物等科目。一下子多出这么多课程，竺可桢有点吃不消。他在家乡读书时没学过英文，现在上英文课，简直像鸭子听雷一样，头疼得很。

澄衷学堂的学生大多是上海人，其中不乏阔少爷、富小姐，他们很有优越感，像竺可桢这样的外乡人很少。他们讲的上海话，竺可桢听不懂；竺可桢浓重的绍兴口音，上海同学听起来也很费劲。因此个别同学嘲笑竺可桢是"乡巴佬"，不跟他来往。

竺可桢第一次离开家独自到外地求学，就遇到这么多不如意的事，无人可以倾诉的他只能在夜深人静的时候，躺在床上辗转反侧。想起爸爸讲的水滴石穿的精神，大哥讲的积水成渊的道理，竺可桢给自己打气：困境只是暂时的，只要发挥"水滴精神"，肯下功夫努力学习，终有一天会"石穿"！

竺可桢学古人闻鸡起舞，他在纸上写道"醒来即起"，并将它作为座右铭。为了提醒、勉励自己，他将字条贴在床头，一醒来就能看到它。

每天早晨，竺可桢都是第一个起床，在第一缕阳光中，在空荡荡的操场上读书、背单词。每天晚上，他都是最后一个睡觉，睡前默念一遍英语单词。就这样，竺可桢成了学堂里最勤奋的"拼命三郎"。

终于，功夫不负有心人，竺可桢开始崭露头角，成绩名列前茅。老师、同学都对他刮目相看，有的上海同学主动接近竺可桢，跟他交朋友，向他请教问题。

竺可桢生来瘦弱，加上勤奋过度、营养不良，身体更加清瘦，仿佛一阵风就能把他吹走。

一个周末，竺可桢和同学相约到教室读书。感冒还没完全好的竺可桢，走起路来有点轻飘飘的，还不时咳嗽几声。

路上他们遇到两个迎面走来的同学。四人擦肩而过时，其中一个同学说："竺可桢虽然成绩好，但弱不禁风，好像得了痨病。我看他活不过二十岁！"痨病就是肺结核，在当时是绝症。

另一个同学说："身体不好，学习成绩好，又有什么用？"

听到他们的议论，竺可桢很伤心。

"什么活不过二十岁！"跟竺可桢在一起的同学为他鸣不平，扬起拳头说，"我一定要跟他们评评理。"

"算了，不用往心里去！"竺可桢把同学拉回来。他嘴上这么说，可那两个同学的话却总是回荡在他的脑海里。

那两个同学的话虽然难听，但说得也有道理。

竺可桢反省着，这么多年来，自己光顾着学习，却忽视了身体。为了取得好成绩，拼尽全力；为了省钱，有病也不去治。身体不好，怎能完成繁重的学业？学业不好，怎么报答亲人？将来怎么报效祖国？

从此，竺可桢坚持一早起床跑步，抓紧休息时间念书、背单词。他坚持锻炼身体，风雨无阻，意志坚如磐石。

有一个喜欢睡懒觉的同学，受竺可桢的影响，也"闻鸡起舞"，和竺可桢一起跑步，其他同学受他们的影响，也纷纷行动起来。

经过坚持不懈的锻炼，竺可桢的身体渐渐好起来，虽然他看起来还是很瘦小，但很结实，人变得朝气蓬勃，成绩也比以前更优秀了，加上他为人正直，越来越多的同学喜爱他、敬佩他，纷纷推选他当班长。

那个说竺可桢活不过二十岁的少年是胡适。胡适是安徽绩溪人，比竺可桢小一岁，两人同年进澄衷学堂读书，后来同一批到美国留学。

两个"学霸"朋友

一九〇八年九月,竺可桢转到上海复旦公学(复旦大学前身)读书。时任校长是翻译过《天演论》的严复。

竺可桢被编在丁班,入学考试成绩86.6分,居全班第四名。同桌陈寅恪94.2分,居全校第一名。

竺可桢瘦小,陈寅恪瘦高,两人都是"学霸",但性格不尽相同。当过班长的竺可桢乐观、热情、人缘好,而陈寅恪则沉默寡言,老是一副若有所思的样子。有些同学私下里议论陈寅恪,说他凭着成绩好,孤傲不合群。竺可桢为陈寅恪说了不少好话,消除了同学们对他的误解。陈寅恪听说了这件事，很感激同桌的仗义执言。

一天晚饭后，陈寅恪约竺可桢到校园里散步。这时秋意正浓，晚霞满天，映得校园里道路两旁的花草树木像一幅油画。

竺可桢向陈寅恪敞开心扉，讲述了自己的故事。见他这么坦诚，陈寅恪也打开心扉，讲自己跟随哥哥到日本留学，后回国到公学读书的经历。他们越谈越开心，两个风华正茂的少年惺惺相惜，成为好友。

秋尽入冬，冷风瑟瑟，天寒地冻，竺可桢的母亲病危。得知这个消息，竺可桢立刻放下学业，冒着刺骨的寒风，赶回东关镇，但还是没能见上母亲最后一面。想起母亲一生勤劳、善良，教他做人行事，自己却没能在她跟前尽孝。竺可桢悲痛欲绝，在母亲的灵柩前，哭得肝肠寸断。奔丧回校后，过了很久，竺可桢仍不能从失母之痛中走出来。幸好有陈寅恪一直陪伴他，劝慰他。

一九〇八年十一月十四日，光绪皇帝驾崩。不到二十四小时，慈禧太后也去世了。复旦公学设灵堂哀悼，所有的教员、学员都要在灵堂叩拜。随着赞礼的人喊"举哀",顿时灵堂内哭声阵阵。一个胡子花白、后脑勺儿拖着一条花白辫子的老人,跪在灵堂前号哭,捶胸顿足。有些学生神态漠然,有些则表情古怪,像哭又像笑。

想起慈禧太后垂帘听政,祸国殃民,与列强签订一系列不平等条约,使老百姓陷于水深火热之中,竺可桢对她的死一点儿也悲伤不起来。

从灵堂出来,陈寅恪陪着竺可桢走到校园的一棵树下。他问:"慈禧太后死了,你有什么感想?"

竺可桢答道:"太后想万寿无疆,可最终也逃不过死。她的罪行,不会因为她的死而消失,她会被世人唾骂,遗臭万年!一个人应该做对国家有益的事,造福百姓,就算不能流芳千古,起码也要对得起自己的良心。"

陈寅恪说:"讲得好。你现在的心情看起来不错。"

竺可桢说:"我要振作起来,不负少年时。"

陈寅恪表示赞同:"你能重新振作起来,真是太好了。"然后,陈寅恪又开玩笑说,"二圣殡天治愈了竺君失亲之痛!"

一九〇九年，竺可桢从复旦公学毕业。黄浦江畔，两个少年互道珍重，互相勉励。竺可桢北上，考入唐山路矿学堂[①]，学习土木工程专业，后成为地理学的一代宗师。陈寅恪留学欧美，后成为中国近代著名的史学家，被誉为"教授中的教授"。二人研究方向不同，人生轨迹有异，但同窗的少年情谊，他们非常珍惜，常有书信来往，互相牵挂。

[①] 即后来的西南交通大学。——本书脚注若无特别说明，均为编者注

你不能叫他"pig"

又是一个春天,柳树发芽,桃花盛开。竺可桢乘着春风,带着从亲人那里借的路费,一路向北,到达唐山路矿学堂。唐山路矿学堂隶属邮传部,邮传部设置于一九〇七年,是专管交通行政的机构。那时北洋政府开发矿产、修建铁路,需要大量的技术人员,所以办了唐山路矿学堂。

竺可桢千里迢迢到北方读书,是因为这间学堂不仅不用交学杂费,每个月还能领到生活补助。这对家道中落的竺可桢来说,很有吸引力。

学堂里有些教员是英国人,他们全部用英语讲课,很多同学听不懂。

有的英国教员彬彬有礼,很有绅士风度;有的则很傲慢，一副来自"日不落帝国"就高中国人一等的样子。

当时，班里每个同学都有编号，有的英国教员总是叫学生的编号，从不叫名字。竺可桢很反感这种做法，他认为这样很不尊重人，就像监狱里不叫囚犯的名字只叫编号一样。有一次，一位英国教员叫了一个学生的编号，让他起来回答问题，这个学生没站起来，英国教员生气了，骂他是"pig"。这个同学不懂得英文"pig"是什么意思，没反应，但竺可桢很生气："先生，他是有名字的，不叫'pig'！请您不要叫中国人'pig'！"

英国教员瞪大眼睛看着竺可桢，气得胡子都歪了，又不好当着全班同学的面发作。他扭头走到讲台上，瞪着竺可桢，故意提出一个很刁钻的问题，叫竺可桢的编号让他回答。

竺可桢假装听不懂他的话，看着黑板，不理睬他。英国教员又大声喊竺可桢的编号，叫他起来回答问题，竺可桢还是不理睬他。全班同学都暗暗为竺可桢捏了一把汗。

英国教员觉得很没面子，就走到竺可桢座位

你不能叫他·"pig"

旁，用手敲敲桌子，又一次叫他的编号。

"先生，我叫竺可桢，提问的时候请叫我的名字。"竺可桢不卑不亢地说，然后用英语流利地回答了老师的问题。

"好！"课堂上响起了热烈的掌声。英国教员的脸红一阵白一阵，下课铃一响，马上灰溜溜地走出教室。

这个英国教员是一个傲慢的人。鸦片战争后，他来到中国，以一个胜利者的姿态看中国人，认为中国人都得了"软骨症"。可眼前这个中国少年，为了维护尊严，居然敢挑战他。他虽然很恼火，但也十分敬佩竺可桢的勇气。

此后，这个英国教员不再叫学生的编号，改叫名字，对学生的态度也友好了一些。为此，同学们都夸竺可桢勇敢。

其实，竺可桢刚直不阿的精神，早在上海澄衷学堂读书时就表现出来了。

上海是个大都市，消息灵通，革命思潮、革命运动的消息也频频传到校园里。澄衷学堂的师生时常议论时事，有的教员同情革命志士，斥责刽子手；有的教员专门监视同事及学生的行动，收集情报，以换取荣华富贵。

有一个教图画的教员就是后者。学生们对他很有意见，就推荐班长竺可桢为代表，要求校方把这个教员撤下。一身正气的竺可桢毫不犹豫地接受了这个任务。

有人找到竺可桢，威逼利诱他："竺可桢，你在澄衷学堂读了三年，还差三个月就毕业了，忍忍吧，不要做以卵击石的傻事！图画教员是校长的亲戚，校长怎么可能把他辞退了？一旦惹怒了校长，说不定你就不能毕业了。"

"谢谢你的提醒！但我还是要完成这个任务。"竺可桢说。

竺可桢找到校长，说明来意。

校长阴沉着脸说："你知道什么叫'一日为师，终身为父'吗？作为学生，应当尊重老师！"

竺可桢不卑不亢地说："校长讲得对，学生应该尊重老师。我也记得韩愈讲过，'师者，所以传道受业解惑也'。图画教员的所作所为已背离了'师者'，是不称职的。我代表全班同学，请求校长撤换他！"

"该教员并没有犯错，我虽为校长，也不能随便撤换教员。"校长说着，脸上的肉一抖一抖的。

"如果校长不撤换图画教员，我们就不上他的课！"竺可桢态度坚定。

"校方是不会撤换图画教员的。你们不上这门课，就没有成绩，就不能毕业。懂吗？你不要意气用事，误了大好前程。回去上课吧！我还有事要处理。"

竺可桢和同学说到做到，坚决不上这个教员的课。双方僵持期间，不断有人来做竺可桢的思想工作，劝他不要再罢课了，以免影响毕业。可竺可桢铁骨铮铮，选择坚持到底，绝不妥协。

因为这件事，竺可桢最终没能从澄衷学堂毕业，但他一点儿也不后悔。

放飞的鸽子

唐山路矿学堂离北京不远,收到新消息也很快。

有一天,竺可桢正在教室里学习,班里一个绰号为"灵通"的同学,把滑到胸前的辫子往脑后一甩,大声说:"告诉大家一个消息,政府的公费留美生,今年九月份去了第一批。明年还招生,想留洋的同学赶快准备!"

有同学问竺可桢想不想去留学。

"想!"竺可桢毫不犹豫地说。

"干吗去洋鬼子的国家读书?你不爱中国了吗?你平时老是说要分清是非,现在怎么不分是非了?"同学不理解。

"我是中国人,当然爱自己的祖国!我正是了解清楚是非了，才想去留学的。"竺可桢回答。

"中国有那么多学校你不去，干吗非要去别的国家读书？"这个同学还是不理解。

"你看过魏源的《海国图志》吗？他提出'师夷长技以制夷'。"竺可桢解释，"落后就要挨打，有先进的技术才能抵御外敌。《孙子兵法》里说'知己知彼，百战不殆'。我想通过学习西方的先进思想、先进技术，用知识来报效多灾多难的祖国！"

"可桢，你的想法很好，我支持你！"这个同学终于理解了竺可桢的想法。

有了目标，竺可桢学习就更有劲儿了。他努力学习，为留学做准备。

一九一〇年，又到春回大地的时节，竺可桢在唐山路矿学堂学满一年，五次考试，每次成绩都居全班第一，是妥妥的"学霸"。

四月，清政府学部发文，招考第二批赴美留学生，考试定在炎热的七月举行。竺可桢凭着自小儿打下的扎实的国文基础，良好的英语训练，各学科的充足准备，以第二十八名的成绩争取到公费留学美国的资格。

少年得志的竺可桢心情非常愉快,就像放飞的鸽子在蓝天白云间翱翔。他按要求办理好赴美的各种手续,然后剪掉了辫子,感觉到脑后从来没有过的轻松。他回到东关镇向亲人告别,临行前他特意到母亲的坟前祭拜:"无论到了哪里,我都不会忘记故乡,不会忘记母亲的养育之恩,我一定要做出一番事业,为竺家争光,为祖国争光!"

玉米地里的大学

一九一〇年八月十六日,这是竺可桢终生难忘的日子,他和其他公费留美生搭上"中国号"轮船,前往大洋彼岸陌生的国度——美国。

在船上见到胡适,竺可桢调侃道:"当年,你说我活不过二十岁,我今年刚好二十岁。"胡适略显尴尬。竺可桢拍拍他的肩膀说:"感谢你提醒我锻炼身体,你看我现在的身体多棒。如果没有你的提醒,说不定我真活不到二十岁呢!"

胡适马上哈哈大笑:"祝贺你打破魔咒。等你六十岁生日时,我给你祝寿。"

竺可桢也笑道:"我一定要活过六十岁,等你来给我祝寿!"

根据学生填写的专业意向，竺可桢等被安排到伊利诺伊大学，胡适、赵元任等十多人则就读于康奈尔大学。

由于伊利诺伊州农产品丰富，玉米产量居美国首位，因此伊利诺伊大学又被称为"玉米地里的大学"。辽阔的农田环绕在大学周围，满眼是玉米、大豆的身姿，能闻到紫罗兰、矢车菊等花草的芳香。伊利诺伊大学设在这里，条件得天独厚。

竺可桢选择读农学。一来，因为他从小喜欢大自然；二来，中国自古以农立国，他认为读这个专业有利于将来服务祖国。

竺可桢非常珍惜来这里学习的机会。暑期，有的同学选择游山玩水，有的准备去繁华都市开眼界，而竺可桢选择到广阔的土地上做实地考察，了解美国的农业和农民。与他一起做调查的，还有辛树帜、钱崇澍、邹树文。

四人按计划沿着密西西比河南下，去路易斯安那州、得克萨斯州等地。这次赴南方考察，四人收获满满，尤其是竺可桢，他一路考察，一路记录，记了一大本笔记。在考察的过程中，他总是不自觉地拿美国的农业跟中国的农业做比较。

一九一二年的暑假，竺可桢想再去南方考察美国的农业和农民，之前与他同行的三人却不想再走回头路。最终，竺可桢与杨永年、张文廷、陆次兰结伴而行，去南方考察"黑土带"。

此时的农场活儿多人少，农场主愁眉苦脸。

"为什么不多请些人来帮工呢？"竺可桢问。

农场主沮丧地说："请不到人。现在还不是秋收大忙时节，加上天气又热，没几个人愿意到农场干活儿。"

竺可桢便和同学商量留在农场干活儿。农场主转忧为喜，连连道谢。

于是四人在农场住下，就当是打"暑假工"。八月火热的太阳炙烤着大地，虽然戴着草帽遮阳，竺可桢还是被晒得红里透黑。同伴打趣他："可桢，瞧你的肤色，跟本地的印第安人差不多了。"

没过多久，陆次兰三人主张离开农场，他们要抓住暑假的尾巴去其他地方游览、考察。看到农场主不舍的眼神，想到地里还有很多活儿没干，竺可桢心一横就留了下来，这一干就是整个暑假。

每天下地干完活儿，回到住的地方，竺可桢都会习惯性地拿出日记本，写下当天的见闻感悟。一日一记，这是他很早就养成的习惯。他很自律，不管学业多么繁忙，身体多么疲惫，都要完成当天的日记。

经过两个暑假的考察，竺可桢发现美国的农业、农民跟中国的差别很大。美国是大型农业，而中国是小农经济。美国的农民大部分是流动的，农业模式颇像"铁打的营盘流水的兵"。而中国的农民世代扎根在土地上，除非迫不得已，一般不会离开自己的土地。

竺可桢觉得所学的知识，在中国派不上用场，想换专业，可课程已经学了一大半，不容更换。于是，竺可桢只好继续读农学。

研究"天"的秘密

一九一三年夏天,竺可桢从伊利诺伊大学农学院毕业,被授予农学学士学位。

按规定,公费留美生的学习期限是五年,竺可桢还可以继续在美国学习。"与农学有关的理科是什么专业呢?"一向雷厉风行的竺可桢犯难了。他想起自己小时候对大自然非常好奇。

"人类能掌握雨的秘密吗?怎样才能做到让雨下它就下,让雨停它就停呢?"竺可桢把自己的想法告诉老师。

"气象学专业适合你。它是理科,又跟农业有关系,是一门新兴学科。"老师补充道,"哈佛大学开设气象学课程。但哈佛的门槛相当高,考气象学专业更难,你要考虑清楚。"

老师的话并没有吓退这位中国小伙子,在查阅相关资料后,竺可桢了解到,尧舜时期我国就有羲和之官专做候天验历的工作,唐尧陶寺古观象台是迄今所知世界上最古老的观象台,《夏小正》是中国最早的物候专著。到周代,人们对天象异常气候都有系统的描述,《月令》《幼官》是描写气候异常最古老的文献。春秋时期,我国先民就制定出了仲春、仲夏、仲秋和仲冬四个节气,秦汉时期确立了二十四节气,西汉时期就发明了气象观察仪器。很长一段时期,中国在气象领域都走在世界前列。可惜,由于种种原因,近代中国气象研究停滞不前,更没有形成气象学。倒是西方国家,走在了前面。

从十八世纪开始,法国、俄国、德国、英国、日本等列强,陆续在中国设立气象观察机构,收集气象信息,为他们侵略中国服务,中国政府还不能干涉。

想到泱泱中华居然没有自己的气象观察机构,只能任由列强窃取我国的气象信息,竺可桢的心隐隐作痛。他决心好好攻读气象专业,这不只是个人成长的需要，更是将来报效祖国的需要。

确定目标之后，竺可桢几乎每天都泡在图书馆，他查阅了大量气象学资料，做了很多笔记。功夫不负有心人，他以优异的成绩考上了哈佛大学。

哈佛大学崇尚学术自由，师生治学严谨。竺可桢在哈佛如鱼得水，研究水平不断提高。

转眼到准备硕士论文的时候了，竺可桢不断思考研究什么更有用。为了找到答案，有一天，他到图书馆查阅资料。这时，外面突然传来轰隆隆的雷声，他快步走到窗前，准备关窗。忽然，倾盆大雨噼里啪啦地砸了过来。

看着窗外的大雨，竺可桢想起了家乡：家乡此时此刻是否也在下雨？如果是下暴雨，低洼处会被淹吗？如果是久旱未雨，官府、老百姓是不是又在祈雨？江南地区自古旱涝灾害较多，人们没办法解决旱涝问题，就寄希望于神灵。每逢旱灾，不但民间祈雨，官府也公开祈雨。

年年祈雨，岁岁干旱，在大自然面前，人类是多么渺小，至今都无法掌握"老天爷"的秘密。旱涝都与雨量有关，如果能找到降水规律，是不是就能解决旱涝问题？想到这里，竺可桢眼前一亮。"中国的雨量问题还没有人系统地研究过，我就做第一个吃螃蟹的人！"

听到竺可桢要选中国雨量作为硕士论文研究课题，导师麦克阿迪建议："哈佛关于中国雨量的资料极少，如果研究美国的雨量，有很多资料可供参考，你就能轻松完成硕士论文。"

"老师，中国有句话叫'明知山有虎，偏向虎山行'。我就是想做别人没有做过的事。我的国家太缺乏雨量研究了，就是难于上青天，我也要做！"

"说得好！我很欣赏你这种'偏向虎山行'的治学精神。"导师露出欣慰的笑容。

竺可桢从零开始研究中国的雨量问题，他经常泡在学校及波士顿的图书馆，查阅中国旱涝、雨雪记录。之后，他每天早出晚归，到兰山气象台实习。

经过大量的研究、分析，他发现中国降水量的多少和分布状况主要受季风强弱、地势高低、风暴路径等因素的影响。根据这些因素，他总结出了中国降水的规律并撰写了《中国之雨量及风暴说》。这是首次提出中国降水的规律，对学术界认识中国降水规律具有里程碑式的意义。

在导师的悉心指导下，竺可桢完成了硕士论文——《关于中国的雨量研究》。论文一经发表，好评如潮，竺可桢也因此被称为气象界的一颗"新星"。

为了更深入地研究气象，竺可桢考取了哈佛大学地学系，攻读气象学博士。导师华尔德很器重竺可桢，他喜欢这个务实、有开拓精神的中国小伙子。一九一七年，竺可桢加入美国地理学会。不久，竺可桢获得伊麦荪奖学金，这为他博士期间的学习研究解决了后顾之忧。

竺可桢自小生活的浙江、上海等地都是台风多发地区。想起台风带来的灾难，竺可桢仍心有余悸：狂风暴雨，树木被拦腰折断，屋舍倒塌，农田被淹，哀鸿遍野，惨不忍睹。研究台风，找出台风的规律、路径，就可以提前做好防范，减轻民众的财产损失，保护更多的生命，是造福人类、功德无量的好事。于是，竺可桢和导师商量，打算以中国台风作为博士论文研究方向。导师也认可他的选题，建议他将研究范围扩大到"远东"①。

最终，竺可桢的博士学位论文题目确定为《远东台风的新分类》。"远东台风研究"是比"中国雨量研究"更大的"虎山"。竺可桢想方设法获取东亚地区遭受台风袭击的资料，用科学的方法分析、研究。

天道酬勤，一九一八年是竺可桢的丰收年。业界权威刊物《每月天气评论》刊登了他的研究新成果——《台风中心的若干新事实》。在文章中，他首次提出："台风眼里温度强烈上升，是由于台风眼中强大的下沉气流所造成的。"同年，竺可桢的博士论文《远东台风的新分类》顺利通过答辩，他成为中国第一个气象学博士，被业界称为研究台风的中国权威人士，其研究走在国际气象学界前列。

不少大学向竺可桢伸出"橄榄枝"，邀请他做博士后研究，还有好几家气象机构提供优厚的待

---

① "远东"是西方国家向东方扩张时对亚洲东部地区的称呼，一般指中国东部、朝鲜、韩国、日本、菲律宾和俄罗斯太平洋沿岸区。

遇，邀请他去工作。

"中国现在还很贫穷、落后，不能给你提供好的工作和生活环境，不能施展你的才华。你会被毁掉的！"有人劝竺可桢留在各方面条件都更优越的美国。

"我们中国人说，'子不嫌母丑'。我的家人需要我，我的祖国更需要我。正是因为她落后，我才要回国，为国效劳，振兴中华！"竺可桢果断地拒绝了他们的邀请。

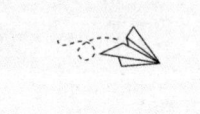

想"上天"的八妹

在回国前的几个月,竺可桢应邀去波士顿参加一个气象活动。其间,一个女子一直盯着他看,这让他有些纳闷。

"你就是竺可桢?好一个年少美才!"女子落落大方地伸出手,"我叫张默君,湖南人。"原来她就是大名鼎鼎的张默君!竺可桢听朋友说起过她。她在国内颇有名气,来美国哥伦比亚大学读教育学专业,是纽约中国学生联合会主席。

"久仰大名!"竺可桢同张默君握手。

"藕舫君读气象学,研究天。你知道中国第一个坐飞机上天的姑娘是谁吗?"张默君注视着竺可桢。

竺可桢摇摇头。

张默君说:"她叫张侠魂。在家排行第八,小名八妹。我给你讲讲她的故事。"

一九一六年,第一次世界大战打得不可开交,作战双方都动用了刚刚发明的飞机。中国也努力研究飞机,八妹跟随五姐、五姐夫到南苑航校,观看军用飞机飞行试验。

飞机从地面呼啸而上,越飞越高,像一只大鸟在空中自由翱翔。八妹羡慕极了,也想尝尝"上天"的滋味。

当时的飞行技术还不是很成熟,乘飞机还很危险,而且还没有哪个女子敢"上天",大家都不想让八妹去冒险。可她坚持道:"若有不测,吾一弱女子,以飞行而伤而死,亦可为中国女子飞行家开一新纪元,于女子冒险历史中,放一新曙光,吾国航空历史上,留数行文字!"

航校校长见八妹胆识过人,实在是女中豪杰,于是同意了。

八妹微笑着坐上飞机,只见飞机直冲云霄,在空中撒下彩花,好不惬意。突然,空中风速加快,只听砰的一声,飞机的发动机出了故障,飞机急速下坠,掉落在泥坑里。

受重伤的八妹被送到医院抢救。手术中,她咬住嘴唇,忍住撕心裂肺的痛,没掉一滴眼泪。

"治疗了一个多月,八妹的伤势痊愈了,她因此被人们称作'巾帼英雄',报纸大肆宣传她的事迹。"讲到这里,张默君停下来问,"听了八妹的故事,藕舫君怎么看?"

"八妹有如此胆识和壮举,实在是令人敬佩!"虽还未见其人,竺可桢已对她产生好感。张默君拿出八妹的照片给竺可桢看。照片上的姑娘端庄秀丽,他颇为喜欢。

张默君身旁的男子说:"八妹成名很早。十四岁协助姐姐办《大汉报》,十五岁开始发表时政论文。十六岁为被刺的革命家宋教仁发声,写出振聋发聩的《宋先生被刺之原因》,斥责黑暗势力,要求严惩凶手。"

竺可桢听了对八妹更加敬佩。

张默君说:"八妹是我的亲妹妹。你未娶,她未嫁。介绍给你,可好?"

竺可桢点头说"好",接过了张默君递来的照片。

经过几个月的通信,竺可桢对八妹及其家庭有了更深的了解。八妹的父亲张伯纯曾是张之洞、曾国荃的幕僚;戊戌变法期间,他曾与谭嗣同、梁启超等创办时务学堂;辛亥革命后期,他曾任孙中山临时大总统府秘书。八妹的母亲何承徽是个大才女,被称为"海内女师"。想起家乡的亲人,想起颇为默契的八妹,竺可桢恨不得插上翅膀,飞回祖国的怀抱。

一九一八年秋季,竺可桢终于回到了阔别八年的祖国。轮船到达上海码头,八妹和她的家人去接竺可桢,中国科学社的朋友也去接他。

中国科学社是中国留美学生于一九一五年在美国创办的,是我国最早的现代科学学术团体,宗旨是"联络同志、研究学术,以共图中国科学之发达"。竺可桢一九一六年开始参加中国科学社的活动,并担任《科学》月刊英文版编委主席,是中国科学社的中坚力量。他给《科学》杂志撰写的关于气象的论文，在中国科学史上具有开创性意义。一九一八年，中国科学社迁回国内。

话说八妹去接船时，远远望见一个戴眼镜、斯文、清瘦的男子从船上下来，第六感告诉她：这就是自己的意中人竺可桢！八妹不好意思立即上前相认，但眼看有人就要把竺可桢接走了，她便顾不得矜持，急忙走上前问道："请问您是藕舫吗？我是八妹，张侠魂。"

"对，我是藕舫！"竺可桢伸出手说，"八妹，谢谢您来接我！"

"家母听说您学成归来，想见见您。"八妹两颊绯红。

"谢谢！我也想见见她老人家。"竺可桢回复。张家人担心竺可桢被科学社的人"抢"走，马上把他的行李放到车上。

张母对博学多才的竺可桢是打心眼儿里喜欢，她笑容满面地说："你们两个年纪都不小了，快点成亲吧。"她亲自张罗酒席，约了亲朋好友，为竺可桢和女儿举行订婚仪式。

竺可桢回国后，不少单位向这位哈佛大学博士伸出"橄榄枝"。"上海海关监督这个职位给的薪资最高，但它被外国人把控。武昌高等师范学校（今武汉大学前身，以下简称'武昌高师'）和南京高等师范学校（以下简称'南京高师'）给的薪水虽然比海关低，但能发挥你的特长。"八妹的想法与他不谋而合，他们都把国家利益放在首位，这令竺可桢很高兴。竺可桢痛恨列强窃取中国气象情报，一心希望从他们的手里夺回气象主权，自然不会接受他们的邀请，他毫不犹豫地选择去武昌高师工作。

就职前，竺可桢回了一趟绍兴。小河还是童年时的那条小河，乌篷船里依旧传出古老的歌谣，米行和竺家台门早已换了主人。竺可桢出国前，妈妈已去世，在国外的八年间，爸爸、大哥、二哥相继离开人间，只留下嫂子、侄儿、侄女生活在凄风苦雨中。

竺可桢只觉肩上的担子又重了，一头是国家，一头是家族。这些重担，他都要挑起。

离开家乡时，竺可桢给了嫂子们一些钱，资助侄儿、侄女读书。他把大哥的儿子士楷带在身边，希望把他培养成才，以报答大哥当年的启蒙之恩。

竺可桢到珞珈山下的武昌高师任教，八妹仍在黄浦江畔的上海神州女校当老师。两人鸿雁传书，互相鼓励，心意相通。

一九二〇年，竺可桢与八妹结婚。他们的婚礼抛弃了传统的繁文缛节，仪式非常简单。婚后，他们风雨同舟，相濡以沫，共同养育了五个孩子。

最受学生欢迎的老师

竺可桢回国后的第一份工作，是在武昌高师任教，主要讲授地理课和天文气象课。学生们非常仰慕这个哈佛气象学博士，但他讲课带有浓重的绍兴口音，学生不大听得懂。于是，竺可桢想办法扬长避短，尽量多写板书，讲得慢一些。

在教学中，竺可桢发现教材内容陈旧，不但不能适应时代的发展要求，也影响学生听课的兴趣。于是，他决定改革落后的教材，并开拓新的教学领域。

千里之行，始于足下，竺可桢决定从编写新讲义入手。但编写新讲义，对他而言可是"大姑娘上轿——头一遭"。因此，这花费了竺可桢大量的时间和精力。他经常挑灯夜战，累了，就揉揉眼睛，瞅瞅窗外，望一望漆黑天空中闪烁的繁星，然后低头继续编写讲义。

苦心人，天不负。竺可桢编写的讲义，把他在哈佛所学的知识与中国实际情况相结合，内容接地气，又与国际前沿的地理学观点接轨。竺可桢用新讲义授课，他的课程深受学生们喜爱。

作为教授，竺可桢身体力行，凡是要求学生做的，他自己先做到。他学术水平高，治学严谨，还经常带学生到野外观察气象、参加博物学会议、做学术演讲等，竺可桢成了最受学生欢迎的教师之一。

一九一九年，在巴黎和会上，帝国主义拒绝中国提出的恢复主权的合理要求，把战前德国在山东的特权转交给日本。消息传到国内，中国人民心头积压已久的怒火终于爆发了。五月四日，北京三千多名学生在天安门前集会，随后举行示威游行，揭露列强的侵略行径。北京学生的爱国斗争得到了社会各阶层人士的广泛拥护，武昌高师的学生也积极响应。

由于保护爱国学生，十分器重竺可桢的校长张渲，被湖北督军署调走了。竺可桢编写新讲义，推崇科学思想的做法引来守旧派的不满。留日教师与留美教师观点不同，新校长的行事风格也与竺可桢理想中的差距很大。

凡此种种，让他感到很憋屈，很失落。

这时，杨杏佛邀请竺可桢到南京高师任教，胡刚复还贴心地为竺可桢一家找到了住处。他们介绍了学校的情况：在"五四"大潮的推动下，南京高师高举民主与科学的大旗，进行教学改革。教务长陶行知提倡男女同校，这在全国是创举，学校呈现出生机勃勃的新面貌。

杨杏佛、胡刚复与竺可桢都是哈佛校友，当年怀抱着科学救国的理想，三人同一年从美国回到中国，杨杏佛、胡刚复进入南京高师任教。

想到又能跟昔日好友一起探讨学问，竺可桢心动了，于是他欣然接受南京高师的聘请。

告别"白云千载空悠悠"的黄鹤楼，竺可桢一家乘坐轮船，前往古城金陵。

在南京高师，竺可桢教文史地部的气象学、数理化部的微积分、农艺专修科的地质学。

胡刚复来到竺可桢的住处，探望老友，竺可桢很高兴，泡茶与他喝。茶毕，两人走进鸡鸣山。正值深秋，山上如同涂了颜料，五彩缤纷；树上满眼红彤彤、金澄澄的；地上红叶、黄叶铺满路，景色十分醉人。竺可桢注视着树上的红枫叶，推测它大概是什么时候变红的。胡刚复笑他见物候忘老友，问他觉得南京高师怎么样。

"学术气氛很浓，我很喜欢。"竺可桢的目光离开枫叶继续说，"在中国，气象学、地理学附属其他学科，没有独立的气象学专业，更没有独立的地学系，不利于气象学、地理学的发展。教学之余，我还在写《吾国地理家之责任》。"

"写好之后我要好好拜读。"胡刚复赞赏道，"你善于思考，教学、研究相得益彰，实在是师生的楷模。"

《吾国地理家之责任》发表在《科学》杂志上。文章指出，清政府曾轻易将台湾割让给日本，沙俄将阿拉斯加低价卖给美国，这都是政治家因缺乏地理知识和战略眼光而造成的严重损失。美国已有头等气象台二百多个，而中国只有徐家汇观象台[①]和香港天文台[②]实力比较强，还都是由外国人把控。日本人研究中国地理远胜于中国人对本国地理的研究，他们从中国获得的地质、气象、水文等信息为他们入侵中国提供了很大帮助。

本着高度的社会责任感和科学家的良知，竺可桢在文章中旗帜鲜明地提出，应尽快培养一批中国地学家，"以调查全国的地形、气候、人种及动植物、矿产"。《吾国地理家之责任》一文得到有识之士的热烈回应。

校方采纳了竺可桢的建议，并任命他为地学系主任，由他负责具体建系事宜。竺可桢大刀阔斧地改造旧的史地学科，开拓气象学、地理学等新领域，并增加新的教学模式。

一九二一年，南京高师扩建为国立东南大学。同年，竺可桢创建了中国高等教育史上第一个地学系和第一个气象学专业。

作为新系的系主任，竺可桢事务繁多，但他

---

① 徐家汇观象台建于1872年，是由法国天主教会建立的。
② 香港天文台建于1883年，由英国皇家学会提议建立。

仍然坚持授课，并且多达四门，为教师们做出了表率。

为了发展壮大东南大学地学系，竺可桢求贤若渴，礼聘知名学者，招揽专业人才。"栽下梧桐树，引得凤凰来。"不少知名教授学者来东南大学地学系任教，莘莘学子也慕名报考该校。

东南大学东侧有一个地方叫梅庵，竺可桢看中了梅庵前那片开阔的空地。经过一番努力，他在这里建起了气象测候所，购置了仪器设备，并请专人管理。从此，地学系的学生得以在这里观测气象，进行科学研究。

为活跃东南大学的学术氛围，竺可桢创办《史地学报》并带头写论文。可惜，这份刊物在一九二六年停刊了，虽然持续时间不长，却是当时影响较大的史地类学术刊物。

竺可桢注重培养学生的实际动手能力和科研能力，提倡学生到大自然中做实地调研。他和年轻的学子从春到冬，风餐露宿，踏遍南京周围的山山水水：老山、栖霞山、钦天山、紫金山、牛首山、六合方山、桂子山、石柱林等都留下了他们的足迹。

他们观察气候，考察地质，记录物种，采集岩石、化石标本，日积月累，东南大学科学馆的地学馆中，矿石标本室的展示内容越来越丰富。

科学救国的理想信念时时激励着竺可桢，加上已经开辟了良好的新局面，他像上足了发条的钟表，有使不完的劲儿。

在编写新讲义的基础上，竺可桢编写了《气象学》《地理学通论》，它们被称为中国近代气象学与地理学教育的奠基教材。此外，他翻译了马东的《地理学教程》、汤姆生的《科学大纲》，等等。

工作之余竺可桢继续研究中国历史气候的变迁、天文学史。从一九二二年开始，这些研究陆续有了阶段性的成果，如《中国历史上气候之变迁》《中国历史上之旱灾》《南宋时代我国气候之揣测》《论以岁差定〈尚书·尧典〉四仲中星之年代》等论文的发表，在气象学界、天文学界产生了很大影响。

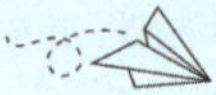

樱花哪天开

南京鸡鸣寺三号是竺可桢和妻子、侄子的住处。闲暇的时候,三人经常到附近的鸡鸣寺散步,竺可桢总是带着他的笔记本,并嘱托竺士楷注意观察周围的物候。

竺士楷好奇地问鸡鸣寺是做什么的。

竺可桢想借这个机会提高竺士楷对历史的兴趣,便问:"士楷,我教你念的'南朝四百八十寺,多少楼台烟雨中',你还记得吗?"

"不记得了。"竺士楷不好意思地低下头。

"这首诗是唐代诗人杜牧写的。鸡鸣寺是南朝第一寺,最早建于西晋永康元年(300年),是南京最古老的梵刹和皇家寺庙之一。"

"西晋？到现在已经有很多年了，怎么看起来一点儿也不破败呀？"

竺可桢解释道："历代修缮、重建过很多次了。"

三人走到鸡鸣寺的高处豁蒙楼，竺士楷指着匾额问："'豁蒙'是什么意思？"竺可桢告诉他，"豁蒙"的意思是使受到的蒙蔽真相大白，出自杜甫《八哀诗·赠秘书监江夏李公邕》中的诗句"忧来豁蒙蔽"。

竺士楷好奇地眨巴着眼睛问："使受到的蒙蔽真相大白？这里是不是有什么冤情？"

竺可桢夸赞士楷善于思考："还真是有冤情。我给你讲一个故事。"

竺士楷一听说有故事听就来劲了，竖起耳朵，催叔叔快讲。

竺可桢于是娓娓道来：杨锐是清代光绪年间戊戌变法中牺牲的六君子之一，是晚清洋务派代表人物、两广总督张之洞的得意门生。杨锐被捕后，张之洞曾想方设法营救他，但不成功。张之洞非常痛心，为纪念这位因民族大义而牺牲的青年才俊，他出资在鸡鸣寺内建造了这座楼，并且亲自写匾额"豁蒙楼"。

"'胜地何常经浩劫，斯楼不朽奈名传。'也是张之洞题的。"在一旁一直静静听的张侠魂补充道。

"原来是这样。"竺士楷像个小大人一样轻轻叹了一口气。过了一会儿，他指着一处悬挂的对联问："'江山重叠争供眼，风雨纵横乱入楼。'这又有什么来历？"

"它出自宋代诗人陆游的《南定楼遇急雨》，这几个字是梁启超写的。士楷，我考考你，梁启超是谁？"竺可桢问。

竺士楷怕叔叔说自己没学好历史，就小声道："我……我忘记了。"

"是忘记了，还是不知道？"竺可桢追问。

"我……不知道他是谁。"竺士楷很不好意思。

"不知道就要学，要诚实。"竺可桢说，"梁启超是戊戌变法的领袖之一。他拜见过张之洞，有一个关于他们对对子的趣事……"竺可桢停下，竺士楷又催他快讲。见竺士楷的兴趣被调动起来，竺可

樱花哪天开　　67

桢故意停下："士楷，今天叔叔讲得很多了。你不能只听别人讲，还要自己看书。"

"好！"竺士楷面有愧色地说，"我要学好地理，也要学好历史。"

竺可桢说："对，学无止境！"

在东南大学任教的几年，竺可桢和张侠魂的几个孩子先后来到人间。竺可桢很注重对孩子们的培养。尽管平时工作很忙，但他忙里偷闲，会抽空带孩子们走进大自然，教他们观察花鸟鱼虫、风雨雷电，从小培养他们对大自然的兴趣，对科学的热爱。梅子黄熟期，他会教孩子们观察天空的颜色。淫雨霏霏时，他会教孩子们观察雨的形状，叫孩子们看被雨滴过的石头，给孩子们讲水滴石穿、积水成渊的故事，教育他们做事情要持之以恒。

春姑娘冲破寒冬的阻挡，又乘风来了，春风浩荡，百花齐放。蝴蝶翩翩起舞，蜜蜂嗡嗡采蜜。竺可桢带孩子们到鸡鸣山、栖霞山、紫金山等地观察花草虫鸟。

"孩子们，大自然中的花鸟鱼虫甚至石头都有'语言'，你们知道吗？"竺可桢问。

"不知道！"孩子们纷纷摇头。

老大竺津指着桃花瞪大眼睛问："爸爸，您听过花儿说话吗？"

竺可桢笑道："没听过。花儿的语言跟我们人类的语言不一样，它是没有声音的，是暗示、是传语。比如，桃花开了，暗示农民赶快种谷子。杏花开了，传语给农民要赶快耕田。"

老二竺梅歪着小脑袋，想了一会儿说："梅花开了，是不是暗示春天快到了？"竺可桢夸她聪明，会举一反三。

几只鸟在山上飞来飞去，好快活。一会儿，鸟妈妈飞到树上，给窝里的雏鸟喂食。一会儿，大鸟小鸟叽叽喳喳，好像大合唱。

老三竺衡眨巴着眼睛，附在爸爸的耳边，神秘兮兮地问："爸爸，您会讲鸟语吗？"

竺可桢说："不会，但爸爸懂一些鸟的语言。比如，布谷鸟开始唱歌了，就好像在说'阿公阿婆，割麦插禾'呢。"

孩子们觉得很有趣，催爸爸继续讲。

"桃花红、柳叶绿、鸟儿鸣等自然现象，古人称'物候'。中国人很聪明，总结了很多关于物候的谚语，如'蚯蚓往上爬，雨水乱如麻'。"竺可桢故意停下来问，"你们知道这是什么意思吗？"

竺衡抢先说："蚯蚓在路上爬，雨水好像麻。"

竺津说："衡弟说错了。它的意思是，平时躲在泥土里的蚯蚓钻出泥土爬上路，是因为快下雨了。对不对，爸爸？"

竺可桢说："津津说得对。这也说明了环境影响生物。"

竺梅说："爸爸好厉害，懂得这么多。"

竺可桢说："孩子们，你们要是多读书，会比爸爸懂得更多。爸爸刚才讲的大自然的语言，是从我国农学家贾思勰写的书里学来的。大自然很神奇，有很多奥秘。你们除了多读书，还要多到野外观察大自然，多观察、勤思考，这样才能'读懂'大自然的语言，'听懂'大自然的语言，解开大自的奥秘。"

竺梅说："爸爸，您再教教我们，怎么解开大自然的奥秘吧。"

看见孩子们观察大自然的兴趣被调动起来了，

樱花哪天开

竺可桢很高兴，有意布置作业："孩子们，樱花快开了，你们帮爸爸一个忙——观察樱花什么时候开，哪朵先开，好不好？"

孩子们觉得这是很好玩的作业，拍手答应。

走到一块草地时，竺津看见小草绿绿的、嫩嫩的便问道："去年冬天，这里的草明明已经死了，现在怎么又长出来了？"

竺可桢不直接回答他的问题，而是念白居易的《赋得古原草送别》："离离原上草，一岁一枯荣。野火烧不尽，春风吹又生……"然后他告诉孩子们，小草在冬天枯萎，春天一到，春风一吹，它们就又苏醒了。小草的荣枯，是随季节的，每年都是这样。"孩子们，这也是物候。中国的古诗词中，有好多写到物候。你们好好读诗，谁读到了写物候的诗，就告诉爸爸，爸爸有奖励。"

之后，三个孩子每天都去观察樱花树。一连三天，都不见樱花开。竺衡觉得不好玩，便不肯去了。

第五天，竺津、竺梅气喘吁吁地跑回家，一看见竺可桢就嚷嚷："爸爸，开了！樱花开了！樱花特别好看，像雪一样白。"

"做得好！做什么事情都要有坚持不懈的精神。爸爸以前跟你们讲过水滴石穿的故事，还记得吗？"竺可桢特意摸了一下竺衡的头。

竺津、竺梅点头说记得。

竺衡惭愧地低下头说："爸爸，我错了。明天我也去观察。咱们拉钩！"

竺可桢伸出手与竺衡拉钩，又摸摸他的小脸蛋儿说："衡儿乖，爸爸相信你肯定做得到。"

竺津说："爸爸，您教给我们的物候诗《鸟啼》，我会背了。我背给您听：'野人无历日，鸟啼知四时……'"

不等哥哥背完，竺梅说："我也会背：'二月闻子规，春耕不可迟……'"

看到孩子们对大自然如此热爱，竺可桢很欣慰。

西北风和西南风

竺可桢主持的东南大学地学系美名远播,媲美当时的北京大学地理系。因此,这两所大学,被誉为培养地学人才的"双子星座"。

科学报国初见成效,竺可桢深受鼓舞。正当他准备大展拳脚时,军阀混战越来越严重,地方军阀开始插手校内事务,搞得人心惶惶。刚直不阿的竺可桢不愿意与之同流合污,愤然辞职。

离开东南大学后,竺可桢先后接受上海商务印书馆和天津南开大学的邀请,在两处各任职一年。

那时,科研经费短缺,在重重困难下,竺可桢仍然坚持做气象科学研究。一九二六年,他受邀东渡日本,参加第三届太平洋科学会议。在会上,竺可桢宣读关于台风的论文，赢得了热烈的掌声。

一九二七年，蒋介石在南京建立国民政府。竺可桢的连襟①邵元冲、蒋作宾，朋友杨杏佛、翁文灏等，都在国民政府里担任重要职务。他们向竺可桢发出邀请，但竺可桢不忘科学救国的初心，对政治毫无兴趣。

此时，东南大学已更换校长。新任校长邀请竺可桢回校任教。竺可桢忘不了自己一手创建的地学系，于是同意重返东南大学。

重返南京后，竺可桢除了担任东南大学地学系主任，还要做观象台的筹备工作。

北伐战争胜利后，民国政府筹建中央研究院，下设观象台筹备委员会。院长蔡元培聘请竺可桢为观象台筹备委员会常务委员，主持天文、气象、地震、地磁的研究工作。

张侠魂很高兴，对竺可桢说："研究气象是你不懈的追求，进研究院对你的研究有很大的帮助，我十分支持！你负责管天管地，我负责管家管人，

---

① 连襟：姐姐的丈夫和妹妹的丈夫之间的亲戚关系。

你就放开手脚好好干吧！"

竺可桢拉着妻子的手，十分感激地说："谢谢八妹！没有你的支持，什么天什么地我都管不了！中国的气象事业举步维艰，上海徐家汇观象台被外国人把控，他们任意窃取我国气象情报，侵害我国的主权和利益。我非常痛恨！中国一定要有自己的观象台，打破被洋人垄断的局面！"

"现在你有机会了，一定能改变这种局面！"张侠魂鼓励丈夫。

此时竺可桢回国已近十年，培养的大批气象人才，现在正好用得上。他精心挑选测候员，租借花园用来安装测候仪器。

万事俱备，只欠东风，这个"东风"就是测候仪器。政府没经费给他买先进的仪器，这可怎么办？突然，他想起自己在南开大学时，曾建议张伯苓校长拨款建标准测候所，订了一批测候仪器。

有了！竺可桢喜上眉梢，一拍大腿，马上跟张伯苓校长联系。张校长深明大义，知道竺可桢急用，便同意转让。

这批测候仪器运到南京，竺可桢高兴得像个孩子，立即开始安装。

一九二八年一月一日零时起，观象台气象测候所，开始对南京地区进行昼夜不断的地面气象观测。

五年之后，竺可桢根据观测记录写了《南京三千米高空之风向与天气之预测》，他在文章中提到，南京三千米上空若刮西北风，并且是从地面向上逆转，天气则晴；若三千米高空刮西南风，则未来二十四小时内将有雨。掌握了这一规律，就能相当准确地预报南京地区的天气。

开创中国自己的气象事业，是竺可桢多年来的心愿。竺可桢又喜又忧，喜的是，盼了这么多年，终于可以撸起袖子专心干气象事业了；忧的是，观象台场地简陋，环境不好，他要找一个适宜做观测的永久性地址。

不一样的观象台

为筹建观象台,竺可桢呕心沥血,花费了不少时间、精力。经过观察比较,竺可桢看中了北极阁。它北临碧波荡漾的玄武湖,南眺市区的万家灯火,四周无遮挡,中间还有一处平台,是建立观象台的理想地址。他认真做"功课",查阅文献资料,走访知情人,对北极阁的历史、现状了解得一清二楚。

北极阁的来历可不简单。它位于钦天山高处,这座山因为形似鸡笼,古名叫"鸡笼山"。相传有一高人曾住于山上,闻鸡起舞,因此,这座山也称"鸡鸣山"。南朝时期,它是皇家苑囿,山顶上曾建日观台。明代,朱元璋在这里建观象台,添加观测仪器，观气象也观天象，所以又叫"钦天山"。康熙皇帝南巡时曾在这里亲笔写下"旷观"二字，人们为"旷观"碑建御碑亭，亭名为万寿阁，也叫北极阁。久而久之，这座山的名字便成了"北极阁"。那时，这里的观测仪器很先进，处于世界前列。西方传教士利玛窦来到中国，见到钦天山观象台的仪器，不禁竖起拇指夸赞中国的气象研究水平高。到了康熙年间，观象台上的观测仪器被搬到了北京。

鸦片战争爆发后，列强用大炮轰开中国的大门，烧杀抢掠，逼迫清政府签订一系列不平等条约，从此中国走向衰败。覆巢之下，焉有完卵？北极阁也遭到了严重的破坏。

想起北极阁曾经的辉煌历史，看到它此时的破败不堪，竺可桢不禁深深叹息，他暗下决心，一定要重建北极阁，发展中国的气象事业。

竺可桢向南京市政府打报告，请求在北极阁建观象台，但市政府已经把北极阁规划作他用。竺可桢没有放弃，再三请求，阐明建观象台的重要性。为此，他跑细了腿，讲哑了嗓子，在他锲而不舍的努力下，报告终于获得批准。

在北极阁建观象台，困难远比想象的多。北极阁的旧房子里住着一个老人，工作人员多次动员，他都不肯搬走。竺可桢亲自找老人讲道理，老人也摆出自己的难处，说搬走之后没有生活来源。竺可桢很同情老人，提出在山下建房子给他住，答应钦天山的柴火任他捡。见竺可桢态度诚恳，自己的生活也有了保障，老人这才同意搬走。

解决一个问题，后面还有更大的问题，彼时北极阁的一些破房子里还关着一批俘虏，竺可桢多次请有关部门协调安置这些俘虏，可一直无法得到解决。这令他很头痛。

寒冬过去，春暖南京。杨杏佛来南京参加科学社理事会的会议。会后，竺可桢特意带他参观气象研究所，希望这位老朋友能帮他解决燃眉之急。

他们走到北极阁，推开破烂不堪的木门，踏上蜘蛛网后面年久失修的梯子。伴随着嘎吱嘎吱的声响，掉下几块朽木，老鼠们受到惊吓，四散逃开，引起一阵骚乱。

竺可桢趁机解释："军阀忙于打仗，政府拨给气象研究所的经费不是杯水车薪，而是零。北极阁早就荒废了，需要大笔费用修缮。"他请杨杏佛帮忙争取经费。见老朋友答应帮忙，竺可桢忙又说："这里的一些破房子里，还关着一批俘虏。我跟相关方面交涉，对方满口答应，可迟迟没有行动。这些人一直在敷衍我！"竺可桢一想起这件事就很生气，什么叫"秀才遇到兵——有理说不清"，这就是了。

杨杏佛劝竺可桢找蒋作宾帮忙。只见竺可桢摘下眼镜擦一擦，又戴上，显得很难为情。

杨杏佛哈哈大笑，说："藕舫啊，你还是书生意气，不愿意跟官场打交道。但你现在不是为自己，而是为中国的气象事业啊！"

"有道理！"竺可桢坚定地说，"明年春天你再来这里，一定会看到一个不一样的观象台！"

"藕舫，我相信你能做得到！明年春天，我们在这里见！"

"一言为定！"二人击掌为誓。

送别杨杏佛，竺可桢就回家了。见他回来得这么早，家人都很惊讶。

竺梅说："爸爸，您昨天讲的物候诗，我会

背了。"

"梅梅真棒！背给爸爸听听。"竺可桢想起杨杏佛的话，灵机一动说，"谁能背得出，明天我就带谁去五姨家。"

"我会背！"孩子们争先恐后地背诗，都想跟爸爸走亲戚。五姨是张侠魂的五姐张淑嘉，五姐夫就是蒋作宾。蒋作宾是当时政府陆军部次长，有了他的帮忙，那批俘虏很快就搬走了。

终于可以建观象台了！竺可桢非常高兴。勘测地形、规划设计、开荒修路、植树种花……竺可桢事事亲力亲为。在众人不懈的努力下，终于建成了北极阁观象台，它是中国近代史上第一个国家气象台，这里被称为中国近代气象事业的发祥地。

一九二八年，竺可桢正式担任气象研究所所长，这个由他创建的中国历史上的第一个气象研究所也搬进"新家"北极阁。他马上带领大家开始工作，先是进行地面气象观测，后来拓展研究范围，开展高空气象观察、气象广播、天气预报等，开创了中国独立进行领土领海天气预报的新纪元。

针对我国气象人才短缺和气象台缺乏的问题，

竺可桢举办气象培训班，派人到国外学习，培养气象人才；推动全国气象台的建设，建成了数十个气象站和雨量观测站。

为专心做气象研究，竺可桢辞去东南大学地学系主任的职务，在此期间，他的著作《气象学》出版了；他撰写的《中国气候区域论》，奠定了中国气候科学基本理论体系的基础；由他和其他人共同撰写的《中国之雨量》，是中国科学史上首次完整、系统的降水记录。

后人评价，北极阁气象研究所是我国近代历史上第一个研究气象科学的最高学术机构，开创了近代我国气象科学研究的先河，标志着我国气象科学事业迈出了新步伐。

也有人说，竺可桢是中国近代气象学的"基石"，也是一座巍巍的"北极阁"。他谦虚地说："功劳是大家的。没有众人的支持，我只是一块'荒石'、一座'破阁'，什么事都办不了。"

从北极阁播出的天气预报

当南京天气预报从北极阁播出,传遍南京的各个角落时,张侠魂和孩子们也在收听。孩子们拍手欢呼,爸爸没日没夜地工作,现在终于有了成果。

此时,竺可桢正守在北极阁,与研究所的同事们在一起,为顺利公开播放天气预报而兴奋。

"我们北极阁终于能够提供中国气象信息了,从今以后,再也不用去上海徐家汇观象台向洋人要气象信息,被他们卡脖子了!"竺可桢紧握拳头激动地说,"下一步,我们要把被外国人把控的气象台全部收回,掌控在中国人手里!但是,洋人是不会轻易放弃这些权益的,我们要争取到底!这个历史使命落在我们的肩上,任重道远啊!"

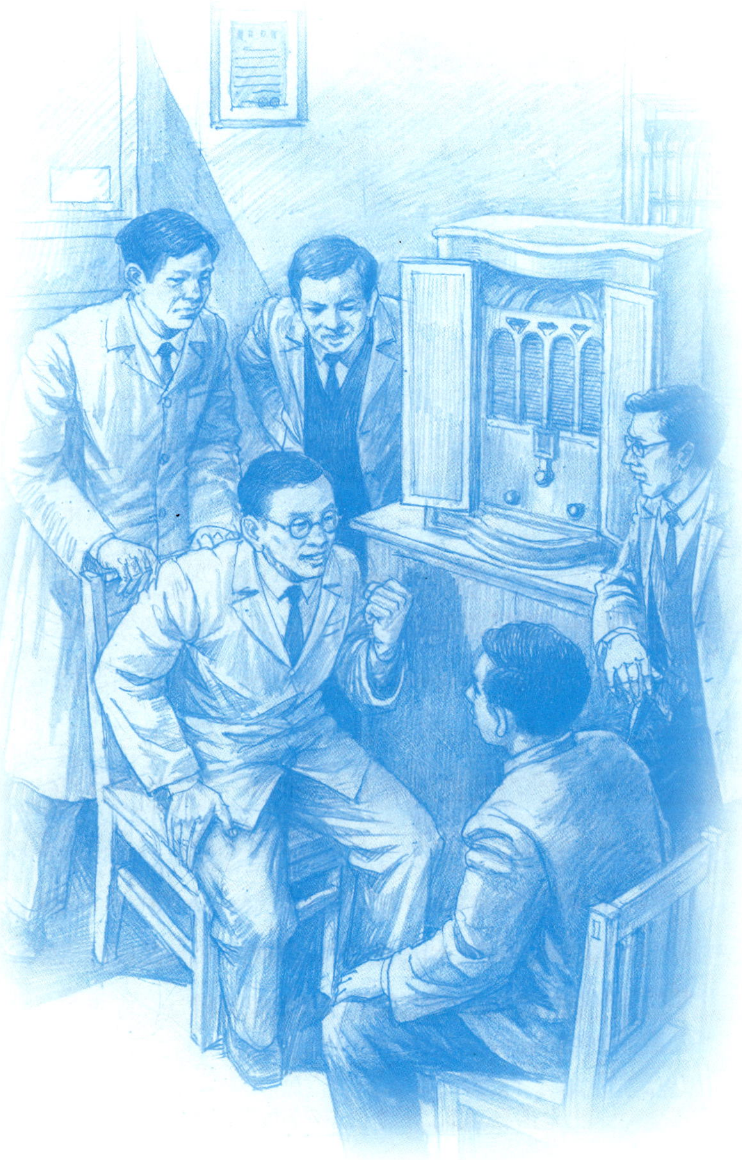

众人一致赞同，表示要争取到底。

事情如竺可桢所料，外国人把控的气象台，与研究院气象研究所唱对台戏，他们用无线电台的强大功率，干扰中国气象预报的正常播报，贬低中国的气象事业。

竺可桢很气愤，专门去上海找蔡元培和杨杏佛，商量怎么从外国人手里夺回中国气象主权。他们开始研究外国无线电台播放的内容，发现这些外国无线电台除了播放天气预报，还收发商报，传递经济情报。"在中国的土地上居然敢这样干！"气愤的竺可桢挥笔写信给交通部，揭露徐家汇观象台侵犯中国主权的行为，希望政府能够取缔在中国设立的外国无线电台。此外，他还要求在交通部各无线电台内附设研究院气象测候所，把观测结果发送到南京北极阁，由这里汇总，再向全国广播。

蔡元培看了竺可桢起草的公函，连连称赞："藕舫啊，这叫一举多得，既能夺回中国气象主权，又能推进中国气象事业。我马上发函给交通部。"

一九三〇年暮春，首次全国气象大会在南京召开。在参会名单上，竺可桢看到一个熟悉的名字——上海徐家汇观象台代表龙相齐。龙相齐是意大利人，是徐家汇观象台的工作人员，主要负责雨量观测、台风预警等。

蔡元培在致辞时特别指出："我们已建成了中国最权威的气象机构，中国的气象事业不能再由外国人越俎代庖了！"听到这里，在场的中国人无不热泪盈眶。

轮到竺可桢做报告了。只见刚满四十岁的竺可桢戴着黑色圆框眼镜，文质彬彬，精神抖擞。"随着海关主权的收回，我国将逐步收回海关测候所并加强管理。"讲到这里竺可桢停顿了一下，特意看了看龙相齐。龙相齐面露不悦，捂着嘴，故意咳嗽了一声。

"今后，设在中国土地上的一切气象机构，都必须采用统一的技术标准！"竺可桢掷地有声、铿锵有力的报告，充分展示了中国气象人的自信自强。顿时，会场上响起了雷鸣般的掌声。龙相齐没有鼓掌，他一脸愠色，双手抱在胸前，歪着头乜斜着竺可桢。

竺可桢没有理睬他，继续做报告："我国将改用世界上多数国家通用的先进的新计量标准，比如摄氏度、毫米……"傲慢的龙相齐起身离开会场，以表明自己的态度。

外国人的傲慢与阻挠并没能阻止竺可桢收回中国气象主权。为此，他做了很多工作，比如：限制外国控制的气象台业务的发展，把其业务纳入中国气象工作范畴；提升自己的技术，超越徐家汇观象台；请求财政部停止给徐家汇观象台提供资金……

一九三〇年夏，竺可桢前往青岛参加中国科学社的年会，见到了青岛观象台的台长蒋丙然。在他们谈论中国气象事业发展状况时，竺可桢发现有一个矮个子的日本人，在窗外鬼鬼祟祟地偷听。

竺可桢问："蒋台长，这个日本人是干什么的？"

蒋丙然说："他是原来青岛观象台的日方工作人员。一九二二年中国收回了青岛，日本人以中国没有气象人才为借口，留下来帮忙，其实我用不着他。"

竺可桢说："我国气象信息都是对外公开的，这个日本人肯定有问题。蒋台长，还是想办法尽快赶走他吧！"

蒋丙然很无奈："每年都催他走，可他就是赖在这儿，我再想想办法。"

"中国收回青岛这么多年了，居然还有日本人留在青岛观象台！"竺可桢非常气愤，挥笔写了《青岛接收之情形》，希望唤起国人的注意。

离开青岛后不久，在第六届中国气象学会的年会上，竺可桢和蒋丙然再度碰面。"青岛观象台的日本人走了吗？"

"还是不肯走！"蒋丙然很无奈，也很气愤。

"岂有此理！中国收回了青岛，却不能行使气象主权！"于是，竺可桢马上写信给外交部，希望通过外交手段维护气象主权。与此同时，竺可桢还通过中国气象学会敦促外交部与日本交涉，经过一次次斗争，最终促使外交部向日本使馆交涉。

在竺可桢不懈的奔走下，日本人终于离开了青岛观象台。大家称赞竺可桢是中国气象主权的捍卫者。

探空气球和探空风筝

极地是生物的基因库，也是气候环境变化的风向标。一八八二年，世界气象组织发起了以极地地球物理学为重点的首届国际极地年，邀请了十二个国家的气象和地理学家开展联合考察。一九三二年是第二届国际极地年，竺可桢认为这种规模庞大、参与国家众多的协作活动有利于获得珍贵的观测资料，包括高空气象探测等资料。

高空气象探测已成为不少国家投入大量人力、物力争相研究的热点领域，因为无论是季风研究、大气环流研究，还是天气预报和航空事业的发展，都迫切需要了解高空气象。

竺可桢向政府说明高空气象研究的重要性，申请高空气象研究经费。可是当时连年战乱,政府没有经费支持搞高空气象研究。他失望、心急,但没有放弃。

限于当时的条件,竺可桢带领团队采用气球探空法,把探测仪器绑在探空气球上。由于技术和不可预测的原因,这个家伙可能不听话,不知道会飘到哪里,落在何处。考虑到探空气球在当时的中国还是新奇的东西,为避免引起老百姓的恐慌,竺可桢将说明写在气球上,承诺如果有人捡到这个气球并交回研究院气象研究所,定会有奖励。

探空气球飘啊飘,越飞越高。竺可桢昂首久久注视着它,就像父亲看着自己的孩子。竺可桢期待它早日"回家",带回他需要的研究资料。可是,探空气球却像迷路的孩子一样迟迟不归。

"气球探空法,希望渺茫。"第一次放飞探空气球失败了,有一个小伙子很沮丧,提不起精神继续做实验。

"做科学实验哪有不失败的?科学的道路上布满了荆棘,充满了险阻,需要百折不挠的精神!"竺可桢拍拍小伙子的肩膀鼓励道,"不要气馁,继续放飞气球。"在竺可桢的鼓励下，他们一共放飞了五次探空气球，每次气球都像飞走的黄鹤，一去不复返。

探空气球这条路走不通了，但竺可桢没有放弃高空探测，而是转向风筝探空研究。他向研究院汇报了自己的计划，希望院部能提供研究资金。院长蔡元培很支持他的计划，可是由于院部经费紧张，只能慢慢想办法。

竺可桢非常理解研究院的难处，虽然没有经费，但研究还是要继续。可是怎么才能弄到风筝呢？他托着下巴苦思冥想。

忽然，竺可桢想起西北科学考察团的赫德博士。当初这个外国"兵团"来中国考察时，为了防止他们窃取中国情报，竺可桢提出合作考察并定下考察协议：中国派人跟随考察团一起观测，考察所得资料双方共享；考察团建立的气象测候所及考察所用仪器，考察结束之后移交给中国。然而，风筝不在移交范围内。于是，竺可桢给赫德博士写信，希望他能以低价把风筝转让给中国。

这一年五月，竺可桢的家里来了两位风尘仆仆的客人——胡振铎、徐近之，他们是竺可桢派去跟随考察团配合赫德博士研究高空气象的。

"这架风筝已经使用很长时间了，技术有些落后了，而且带回去要花很多运费。赫德博士回国前，同意以一千六百元的低价，把风筝转让给气象研究所。"二人口中"技术落后"的风筝对竺可桢来说却是个宝贝。

"太好了！"竺可桢心里乐开了花，他抚摸着这个宝贝，喃喃自语，"中国的高空探测有希望了！"

风筝探空步入正轨，中国人也能探测高空的奥秘了！竺可桢站在高高的北极阁上，思绪万千，任凭风把他的大衣吹得噼里啪啦地响。

自任气象研究所所长后，为发展全国气象事业，给全国各行业提供气象信息，减轻自然灾害，造福人民，竺可桢拟订出《全国设立气象测候所计划书》，计划十年内在全国建立一系列气象测候所。在当时贫穷落后、满目疮痍的中国，要实现这个宏伟蓝图是很难的。但竺可桢并没有被困难吓倒，他把大目标分成无数个小目标，克服重重困难，一步步地实现：在拉萨建立测候所，在"世界屋脊"青藏高原进行气象观测；在四川峨眉山建成中国首个高山测候所；在山东泰山建立泰山日观峰气象台……

从一九二八年创建研究院气象研究所，到一九三六年离开，在这八年时间里，竺可桢把大量心血倾注在气象事业上。他的努力与坚持，为中国气象事业的发展奠定了基础。

昔日双飞今独来

甲午战争后,一些有识之士为图强谋变兴办了求是书院,这就是浙江大学的前身。浙江大学前任校长唯国民党马首是瞻,监视学生活动,开除了呼吁"停止内战,一致抗日"的师生百余人,被愤怒的师生赶走。

当局希望竺可桢担任浙大校长,但他无意为官。在众人反复劝说下,竺可桢考虑再三,提出以半年为期出任浙大校长,当局却要求他至少任职一年。

上任当天,竺可桢就在浙大召开会议,给八百多名学生演讲。他讲了浙大的使命,以及办好一所学校的要素,还着重讲了学习态度和独立思考能力的重要性。他认为大学教育的重点不是传授现成的知识，而是教授获得知识的方法，培养学生研究批判和反省的精神，使学生具有自主求知和不断研究的能力。他强调："我们受高等教育的人，必须有明辨是非、静观得失、缜密思虑、不肯盲从的习惯，然后在学时方不致害己累人；出而立身处世，方能不负所学……"

竺可桢本着"竭诚尽力，豁然大公"的初心，管理、改革学校。他不怕得罪当局，去掉浙大前任校长"大学军事化"的做法，建立训育委员会，规定不得随意处罚学生。对这一改革，学生拍手叫好。

在用人方面，竺可桢任用为人公正、有真才实学的人。他把教授看作是大学的灵魂，以礼增聘国内专门的学者，充实本校的教师队伍。续聘浙大教授苏步青、陈建功等；请回此前辞职的教授，如束星北等；引进一批人才到浙大任教，如王淦昌、胡刚复等。

经过一番改革，浙大校容校风焕然一新。此时，竺可桢做浙大校长刚好满一年，他多次提醒当局任期已到。不料紧接着一九三七年七月七日，日本侵略者制造了震惊中外的卢沟桥事变，发动全面侵华战争。

看到铁蹄下的悲惨中国，竺可桢十分悲痛。他领导浙大师生加入抗日救亡运动，腾出房屋做厂房，缝制棉背心给前线战士。他还带头捐款抗日，在他的带领下，学生们以诗歌朗诵、聚会演讲等方式走出校门，在杭州街头义演募捐。

日军的飞机频频空袭上海，逼近杭州，有的学校停课，有的学校解散，人心惶惶。

这时，竺可桢完全可以以任期已满为由离开浙大。可是，在国家危难、民族存亡的时候，他怎能安心躲进象牙塔里做研究？竺可桢选择了留下，挑起重担。

局势越来越严峻，为了确保浙大师生的生命安全，竺可桢力排众议，决定搬迁。在他的心里，浙大师生都是中国的优秀人才，不能让他们落在侵略者手中，更不能被杀戮。竺可桢把一年级新生安排到天目山禅源寺上课，其余学生搬到位于杭州西南的建德县。

为鼓舞学生,他做了《大学生之责任》的演讲:"在这困难严重的时候,我们更希望有百折不挠、坚强刚果的大学生,来领导民众,做社会的砥柱。"

不久,建德也不是安全之地了。经过考察、商量,竺可桢选择将浙大西迁至江西泰和。由于泰和的房子还没修葺好,师生只得暂迁至吉安。

战事越来越紧,战火自东向西蔓延,泰和不"和",吉安不"安"了。竺可桢又马不停蹄,去考察可以迁校的地方。

这些日子,选迁校地址、与官方打交道、管搬运、管教学、管人事等,竺可桢像陀螺一样团团转,劳心劳力,夜不能寐,食不甘味。他顾得了大家,顾不了小家。师生们看在眼里,疼在心中,亲切地称他为"浙大保姆"。

由于长途跋涉,一路担惊受怕,水土不服,不少人患病了。竺可桢全家也没能逃过病痛的折磨。一九三八年七月,竺可桢在桂林考察迁校地址时,接到一封发自江西泰和的急电,说张侠魂患了严重的痢疾,请他速回泰和。

接到电报后,竺可桢马不停蹄赶回泰和。在浙大师生为当地修建的防洪大堤上,竺可桢看见孩子们正在那里等他,唯独不见竺衡。竺可桢刚要问,竺梅走上前,拉住竺可桢的手,含泪说:"爸爸,衡儿得了痢疾,没得了!"

这个消息如同晴天霹雳,轰炸在竺可桢的头上。竺衡刚过十四岁生日,这么小就离开人世!他颤抖着身子,为了不让自己倒下,他紧紧抓住竺梅的手,强忍着内心的悲痛问:"妈妈呢?"

最小的竺宁说:"在家里。"

竺可桢在孩子们的搀扶下回到住处,见妻子躺在床上,面容憔悴,奄奄一息。

"八妹,对不起!让你受苦了!"竺可桢紧握妻子的手哽咽着。

"你可回来了,我还以为再也见不到你了……"坚强的张侠魂看到自己日夜牵挂着的丈夫,忍不住落下泪来。

"八妹,你会好起来的!"竺可桢叫着妻子的小名,把她的手放在自己的脸上。

孩子们都走进屋里,看着妈妈。张侠魂环顾四周,见少了竺衡,问他去了哪里。竺可桢不敢告诉她竺衡已经病逝。

八月三日,张侠魂也走了。半个月之内,竺可桢接连痛失爱子贤妻。国事、校事、家事,压在他的身上,他悲痛欲绝,但在人前又只能强忍悲痛料理妻儿的后事。

夜深人静,孩子们都睡着了。竺可桢独自待在房间,想起过往,他抚摸着送给竺衡的"少年化学实验室",泪流满面。做实验用的小木匣子还在,喜欢科学的竺衡却永远无法实现梦想了!

看着妻子的遗像,想起自己为学校的事奔波而无暇顾及亲人,竺可桢掩面痛哭,双肩耸动。"如果我在家照顾妻儿,如果救治及时,他们或许还能活着!"

两人结婚十八年,相亲相爱,风雨同舟。不料,现在天人永隔。想起两人共读《沈园二首》的情景,竺可桢感慨万分,他多么希望时光能倒流,定格在那一刻。

《沈园二首》是陆游晚年悼念亡妻唐琬写的诗,张侠魂很喜欢《沈园二首》。于是,竺可桢忍泪依

《沈园二首》原韵，写下：

> 生别可哀死更哀，何堪凤去只留台。
> 西风萧瑟湘江渡，昔日双飞今独来。

写罢，泪水滴落到纸上，模糊了字迹。他无法抑制悲痛，又写了一首悼亡诗：

> 结发相从二十年，澄江话别意缠绵。
> 岂知一病竟难起，客舍梦回又泫然。

突然，隔壁房间传来惊叫声，竺可桢急忙走过去查看，是竺宁做了噩梦，受到惊吓，脸上还挂着泪珠。他拍拍女儿，哄她入睡。女儿的惊叫声将竺可桢拉回现实，他提醒自己不能倒下，浙大需要他，孩子们更需要他，他要化悲痛为力量，重新振作起来。

为了纪念妻子，竺可桢用自己的积蓄设立了"侠魂女士奖学基金"，奖励成绩优秀、家境贫寒的女学生。此后每年的八月三日，他都设家祭悼念妻子。

"东方剑桥"的美誉

一九三八年八月,竺可桢带领浙大师生,携带图书、仪器等,西迁到广西宜山(今广西河池市宜州区)。

十一月一日,西迁到宜山的浙大正式开学。开学典礼在标营大草棚餐厅举行,竺可桢做了题为《王阳明先生与大学生的典范》的演讲。王阳明是浙江余姚人,是明朝杰出的理学家、教育家。王阳明一生受到多次重大打击,但他经受住了磨难,最终成为大学问家,这和浙江大学要在日寇侵扰的磨难中完成教学与科研任务的情状何其相似。因此,竺可桢在演讲中向全体师生发出了以王阳明为学习榜样的号召。

在流亡办学期间，竺可桢整天忙忙碌碌，只有在夜深人静的时候，才有时间安静地思考。"一所大学要有精神、有风骨，就要有校训。浙大应以什么为校训？"想起浙大的办学历史，竺可桢辗转反侧。浙大的前身是一八九七年创办的求是书院，一九二七年，在求是书院旧址新建国立第三中山大学。一九二八年，改名为浙江大学。

"就用'求是'做浙大校训！"竺可桢眼前一亮。一九三九年，在乍暖还寒的初春，竺可桢给浙大学子做了题为《求是精神与牺牲精神》的演讲。

求是，就是"排万难冒百死以求真知"；求是精神首先是科学精神，但同时又是牺牲精神、奋斗精神、革命精神和开拓创新精神。他以世界著名科学家牛顿、达尔文、伽利略等人作为"求是"的例子，讲述"博学之，审问之，慎思之，明辨之，笃行之"是"求是"的路径。

竺可桢认为，在如此困难的情况下，国家还坚持培养大学生，是"希望你们每个人学成，以将来能在社会服务，做各界的领袖分子，使我国家能建设起来成为世界第一等强国，日本或是旁的国家再也不敢侵略我们"。

但是，学生们要做未来各界的领袖，仅学一点儿专业知识是不够的，还必须有"清醒而富有理智的头脑，明辨是非而不徇利害的气概"。此外，还要有"健全的体格""牺牲自己努力为公的精神"。

讲到这里，竺可桢停下来，目光缓缓扫视台下的学生："现在我们若要拯救我们的中华民国，亦惟有靠我们自己的力量，培养我们的力量来拯救我们的祖国。这才是诸位到浙江大学来的共同使命。"年轻的学子们听得热血沸腾，鼓起了雷鸣般的掌声。

竺可桢的演讲像一股清流，滋润了学生们的心田。他倡导的求是精神像一盏明灯，为浙大师生指明了前进的方向。

浙大在宜山的办学条件十分艰苦，教室、学生宿舍都是在大草棚里。大草棚不通电，只有昏暗的小油灯。但求是精神始终鼓舞着浙大师生，使他们能够克服困难，以苦为乐，刻苦学习，成为国家的栋梁之材。

一九三九年十一月，日本侵略者占领了钦州、南宁等地，宜山危在旦夕，不宜久留。竺可桢决定再次西迁。这次又是在寒风凛冽的季节搬迁，淫雨霏霏，山险路陡。竺可桢率领浙大师生，背着行李，挑着担子，一路艰难前行。

一九四〇年一月，浙大师生历经千辛万苦，终于搬到贵州省的遵义、湄潭。这里环境十分恶劣，山路坎坷不平，天气多变，教室简陋。不少人病倒了，竺可桢也几次生病，好在最后都扛了过来。他庆幸自己年轻时就坚持锻炼身体，这才没有倒下。

战争导致物资短缺，物价飞涨，百姓生活十分贫苦，浙大师生同样吃不饱、穿不暖，处境艰难。

苦难是一把双刃剑，有人选择自暴自弃，一蹶不振；有人选择艰苦奋斗，愈挫愈勇，最终绽放出耀眼的光芒。显然，竺可桢是后者，他没有被困难吓倒，他卖掉皮衣换钱，为学校买米买盐，与浙大师生一起开荒种地，养鸡养鸭，解决生活问题。

更可贵的是，在竺可桢的带领下，教授们克服重重困难，虽然吃的是咸菜萝卜，可他们依然在昏暗的灯光下坚持做学术研究，以坚韧的科学精神抵抗穷困的物质生活。

在遵义、湄潭办学时期也是浙大办学历史上最光辉、最重要的发展时期之一。在艰苦岁月中，浙大的学术气氛始终浓厚，求是精神结出累累硕果。有四十五位后来的两院院士在这里工作和学习过，真可谓群星璀璨。陈建功、苏步青等不少世界知名科学家的重要论文是在这里完成的。王淦昌、谈家桢、贝时璋等教授回忆起浙大，都说在湄潭的那段艰苦岁月，是他们科研工作的黄金时期。

流亡办学期间，浙大培养出了后来获得诺贝尔物理学奖的李政道，获得"两弹一星"功勋奖章的程开甲，获得国家最高科学技术奖的叶笃正、谷超豪等。

一九四四年，英国剑桥大学的李约瑟博士来到遵义、湄潭考察。他感叹，在这深山沟里，在这么艰苦的条件下，这所大学居然办得这么好！学者们吃不饱、穿不暖，还专心做研究，而且水平极高，真是令人震惊。李约瑟博士对浙大给予了极高的评价："你们这里的学术氛围和研究成果使我想到剑桥……我认为西南联大、浙江大学可与牛津、剑桥、哈佛媲美。"他把浙大称为"东方剑桥"，这对流亡办学中的浙大是极高的赞誉。

一九四六年九月,浙大师生全部搬回杭州。重回杭州的浙大师生喜极而泣,紧紧拥抱。十年啊!大到国家小到家庭,都发生了翻天覆地的变化。

看到曾经熟悉如今却满目疮痍的校园,回忆起十年艰辛办学路,竺可桢心潮澎湃,眼眶湿润。从一九三七年开始西迁,一迁浙江天目山、建德,二迁江西吉安、泰和,三迁广西宜山,四迁贵州遵义、湄潭。历经浙江、江西、广西、贵州等地,所迁之地远离都市,条件简陋,环境恶劣。由于浙江大学西迁行经路线与主力红军长征上段路线基本吻合,因此浙大西迁流亡办学也被称为中国高等教育史上的"文军长征"。

一九三七年迁校之前,浙大仅有三个学院,七十多名教授和五百多位学生。到一九四六年迁回杭州时,浙大已扩建成综合性大学,有七个学院,二百多名教授和两千多位在校生。这些成绩的背后,凝聚着"流亡校长"竺可桢多少心血!

投桃报李建大堤

竺可桢任浙江大学校长十三年,其中有十年时间是在外颠沛流离。流亡中,竺可桢仍心怀天下,不失家国情怀,视当地百姓为亲人,一路造福乡里,留下千古佳话。

一路西迁之行,也是竺可桢保护国宝《四库全书》之旅。

《四库全书》是清朝乾隆皇帝组织人员纂修的丛书,花了十年时间才编好,被视为"国家瑰宝"。

全书缮写七部,分藏文渊、文源、文津、文宗、文汇、文溯、文澜七阁。文澜阁位于杭州。日寇逼近,国宝很可能会被日寇掠夺或毁坏。浙江省图书馆想把这些书搬走,但当时的省政府却不给经费。

这时，正值浙大第一次西迁，学校只有三辆卡车，仪器、图书堆起来就像一座小山。大家都发愁车太少，东西太多，怎么搬运。

竺可桢得知《四库全书》的遭遇后，当即决定派出车辆，协助省图书馆运送《四库全书》。有人对他这种做法很不理解："自己碗里的肉都不够吃，还要分给别人。"竺可桢回应："国难当头，我们更应保护好国家瑰宝。"

在浙大的协助下，浙江省图书馆把《四库全书》从浙江省建德县运到了龙泉县。可竺可桢还是觉得不够安全，便致电当时的教育部部长，请求协调帮助省图书馆将《四库全书》搬到内地。主管部门同意了竺可桢的建议，但要浙大协助搬运。

竺可桢欣然同意，在浙大十分困难的情况下，仍坚持派出教师和车辆，协助浙江省图书馆搬运《四库全书》。一行人冒着炮火，辗转几个地方，行程两千五百多公里，终于把《四库全书》运到贵阳的张家祠堂，后转藏到地母洞。多年研究气象，竺可桢十分清楚洞里空气潮湿，书页容易受潮，他每年都派教师协助翻晒《四库全书》，以免书籍发霉。"晒书"坚持了六年，《四库全书》完好无损。

一九四六年七月五日，流落在外多年的《四库全书》重回杭州文澜阁。多达三万六千五百册的《四库全书》得以完璧归赵，竺可桢功不可没。

在西迁的征途中，竺可桢从实际出发，提出了"大学教育与内地开发相结合"的办学思想，怀着感恩之心，用知识造福当地。

浙江大学二迁至江西省泰和县郊区上田村，这里位于赣江边上。由于没有防洪大堤，每到雨季，江水泛滥成灾，滔天洪水如同猛兽，淹没村庄，吞没人畜，摧毁庄稼。洪水过后，房屋被毁，吃住全无，瘟疫横行，老百姓纷纷逃离此地，导致这里荒凉破败，文化落后。

竺可桢了解情况之后，决心发挥浙大的优势，为当地百姓做好事，报答他们的"收留之恩"。于是，竺可桢与当地政府协商，由浙大土木系师生负责测量水位、设计图纸、制定施工方案等全部技术工作，由地方出资修建防洪大堤。

奋战两个多月后，全长约十五米的防洪大堤刚刚竣工，一场洪水咆哮而来，仿佛是来验收大堤似的。滚滚洪水来袭，大堤坚固异常，百姓的生命财产安全得到了保障。千年水患被制服了，当地百姓再也不用受洪灾之苦。老百姓非常感激浙大师生，于是他们亲切地把这条防洪大堤叫作"浙大堤"，把堤防码头叫作"浙大码头"。

竺可桢还鼓励浙大学生兼任澄江学校老师，以解决当地师资不足的问题，这一措施极大地提高了当地的教育质量。此外，浙大还在泰和沙村一带兴办垦殖场，解决难民的生计问题。

西迁到广西宜山时，宜山当地很多人不识字，浙大举办民众夜校，分设成人班、儿童班、妇女班。竺可桢经常抽空来夜校查看，对学生们给予支持和鼓励。

在贵州遵义、湄潭办学时，竺可桢考察了湄潭的土壤，观测了气候，认为当地很适合种茶树，于是他请浙大的茶叶专家向群众传授种茶、炒茶的技术，使当地的茶叶质量大大提高。浙大协助当地培育的湄红、湄绿等名茶品种，直到现在还畅销国内外。

为解决茶叶行业人才匮乏问题，浙大主动与政府的实验茶场合作，开办了桐茶职业学校，为当地培养了很多人才，振兴了茶叶行业。

为了利用天气预报服务当地百姓，竺可桢排除万难，从牙缝里挤出经费，在遵义建立了气象测候所。

浙江大学一路西迁，一路造福乡里，为当地留下很多宝贵财富。"他们把毕业论文写到了这片土地上。"回忆起当年的浙江大学师生，当地人依旧感激不已。

游行队伍里的跛脚教授

竺可桢爱护学生是出了名的。担任浙大校长期间他保护爱国青年、爱生如子的故事不胜枚举。

太平洋战争爆发后,香港沦陷,大批文化界爱国人士急需离开香港,以免遭到日寇毒手。可是,国民政府官员孔祥熙不顾他们的生死,在从香港起飞抵达重庆的最后一架飞机上,只安排运送了他的太太、宠物狗和杂物。此举引发民愤,西南联合大学的学生发起了"倒孔运动"。

为支持西南联合大学的学生运动,西迁到贵州遵义、湄潭的浙大学生也准备"倒孔"游行。

这时,竺可桢收到了主管部门发来的密令,严禁学生游行,并被告知大街小巷已布满荷枪实弹的军警。竺可桢思想开明,支持学生的爱国行动,知晓内情的他心急如焚。

竺可桢劝学生不要上街游行,他动之以情,晓以利害,讲得口干舌燥,学生们还是执意要去。

考虑到情绪激动的学生们很容易与军警发生冲突,到时候吃亏的肯定是手无寸铁的学生们,为了保护国家的这些栋梁之材,竺可桢说:"我也参加。我来领队,你们听我的指挥!记住,千万不要与军警起冲突!"学生们诧异了,没想到自己的校长也来参加学生运动。

黔北的深冬,天气异常寒冷,呼啸的北风中,竺可桢举着旗子,昂首挺胸走在队伍前列。学生们按他的要求排着整齐的队伍,跟在他的后面。道路两旁围满了看热闹的民众。

学生们高呼:"铲除贪官污吏!打倒孔祥熙!"他们发传单,贴宣传标语。军警上前制止,有的军警还拉动了枪栓。双方剑拔弩张,形势危急,冲突一触即发。

竺可桢见状赶紧制止。他张开双臂,像母鸡护着小鸡一样挡在中间,严肃地对军警说:"请大家冷静，千万不要开枪！学生游行是出于爱国，他们有张贴标语的自由，你们也有撕标语的自由。"

军警觉得有道理，且慑于竺可桢的社会影响，他们收起枪支，跟在学生后面撕标语。

竺可桢的身体状况本就不好，颠沛流离中，脚生着冻疮，又痛又痒。走了一段路，冻疮破裂，脚痛得如同刀剜。但是，他不敢离开队伍，也不敢停下来休息，只能忍着疼痛和学生们一起游行。两个多小时后，游行队伍回到了学校。

竺可桢猜到国民党当局肯定不会善罢甘休，他便先发制人，"告诫"参加游行的学生，并给带头者记大过处分。然后他又跛着脚去相关部门讲明情况，做善后处理。他的这番操作最大限度地保护了学生，又不给当局留下话柄，但竺可桢本人却被当局指责为"怂恿学生游行"。

一波未平，一波又起。竺可桢还来不及喘口气，主管部门又要求他开除一批参加"倒孔"游行的学生，特务机构也来逮捕策划者。竺可桢据理力争："在学校里，学生可以研究各种思潮，各种主义，这是他们的自由。"

但是胳膊拧不过大腿,还是有学生被主管部门开除了。为了保护学生的尊严,竺可桢提出待学生离校三天后,学校再发开除布告。竺可桢此举又被国民党指责为包庇左派与共产党,宽容有余,严惩不足,但他对这种批评毫不在意。

竺可桢心中有一杆秤,在他的心里,浙大的学生是人中龙凤,人品好、学习好,是国家的宝贵财富。他像爱自己的孩子一样爱护学生,不顾个人安危地保护着他们。

有一天,竺可桢去外边开会,听到军警要来浙大抓学生的消息,便马上叫司机掉头回去。他赶回学校后,立刻找到姓吴的学生,并偷偷告诉他:"军警要来抓人了!你快去通知相关同学,暂时离开学校。"吴同学转身离开时,竺可桢又叮嘱道,"一定要注意安全,不要做无谓的牺牲,等风头过后再回校读书。"虽然知道自己能力有限,但竺可桢还是力所能及地保护学生。

一九四二年二月,黑白文艺社思想进步的学生王蕙与何友谅先后被秘密逮捕,关在重庆五云山集中营。竺可桢专程去五云山营救,但事情没办成。

这一年的夏天,他借出差去重庆的机会,又去五云山探望学生。烈日当空,晒得人直脱皮。敌机就在头顶上盘旋,发出震耳欲聋的吼叫。年过半百的竺可桢冒着酷暑和危险,拄着木棍,弓着身子,步行进入险象环生的五云山,徒步七八里,才到达集中营。他又累又渴,气喘吁吁,消瘦的身子被汗水浸透了,整个人仿佛刚从水中捞出来一样。

"可以见王蕙,但不许见何友谅。"一个留着八字须的小头目说。

竺可桢一再追问,小头目才回答:"他逃狱,被抓回来严密监管,不准见来人。"

听到这儿,竺可桢的心凉了半截儿。直到见到王蕙,心里才好受些。他没有提一句自己来时如何辛苦,只是安慰王蕙,说一定会想办法营救她出去。

返程中,竺可桢在重庆车站看见一个穿制服的男人,押着一个年轻人。那个年轻人看起来像学生,双手被手铐铐着,身上布满伤痕。竺可桢想起了何友谅,心里满是酸楚,泪水不禁涌了出来。

经过不懈的努力,竺可桢终于把王蕙保释出

来，可惜何友谅被国民党反动派杀害了。一想起才华横溢的何友谅，竺可桢就老泪纵横，一个年轻而美好的生命就这样消失了。

给苏步青的"通行证"

竺可桢刚任浙江大学校长时,师生对他态度不一。有人久仰其大名,热烈欢迎他的到来;有人则不是很友好。

有一天,几个教授聚在一起议事,聊到了新来的校长。

"听说,他的连襟邵元冲、蒋作宾都在政府担任要职。他虽是哈佛大学博士毕业,但能当上我们浙大校长还不是因为上面有人!"一个中年教授说。

"对,我看他很擅长搞关系。你看他从东南大学带一批人来浙大,当什么院长、系主任、秘书,这能把浙大搞好吗?"说话的是一个戴眼镜的老教授,他拍拍坐在一旁沉默不语的苏步青问,"苏教授,谈谈您的看法。"

"我和您一样,觉得他办不好浙大!"苏步青说完又看向陈建功。

"我的看法跟苏教授一样。"陈建功说。

教授们的议论传开了,有的老师为竺可桢鸣不平,建议他处罚这些说三道四的人。

竺可桢宽容地笑道:"我一向主张言论自由。教授们敢于说出心里话,我不但不惩罚他们,还要感谢他们。"

竺可桢了解到,陈建功是浙江绍兴人,苏步青是浙江平阳人。二人在日本东京帝国大学留学时认识,这两位有理想的青年才俊相约毕业后回国,一起建设一流的数学系。陈建功是第一个获得该大学理学博士学位的中国人,苏步青是第二位。一九二九年,陈建功放弃日本的优厚待遇,回国受聘于浙大数学系。

苏步青在日本留学期间娶了恩师松本教授之女松本米子为妻,学业也蒸蒸日上,被称为"东方国度上空升起的灿烂的数学明星"。毕业后,他不忘与陈建功的约定，也放弃了日本的优厚待遇，怀着报效祖国的美好愿望回到中国担任浙大数学系副教授。

有才华，又有报国心，中国正需要这样的栋梁之材。竺可桢暗下决心，一定要把浙大办好，不辜负这些才俊。

浙大西迁时，有一天竺可桢刚躺下，突然想起苏步青的妻子是日本人，而搬迁的路上设有很多关卡，一路上要接受检查和盘问，肯定很不方便。他立刻从床上跳起来，打开大门，只见漆黑的夜空中，缀满了钻石般的繁星，这才惊觉现在已是深夜，没人上班。

第二天一早，竺可桢亲自去找浙江省政府主席。听他说明来意，省政府主席颇为感动。"竺校长，听说您把教授当宝贝，今日一见，果然如此。"省政府主席写了亲笔手令，要求沿途军队、警察不得检查、盘问苏步青一家。

手令就是通行证。竺可桢如获至宝，将手令交给了苏步青。

苏步青握着竺可桢的手，感动得热泪盈眶：

"谢谢竺校长……"

"苏教授，不要再说了，赶快准备东西！"

苏步青带着一家老小赶路。路上果然有官兵要拦截检查，他马上拿出手令，官兵拿着手令研究一番，嘀咕几句就放行了。苏步青擦了擦额头上冒出来的汗珠，暗暗庆幸，十分感激竺可桢的细心周到，也为自己先前对他的误解感到惭愧。

晚年时的苏步青，每每提起这件事，还是十分激动。"那时如果没有竺校长帮忙，事情就不堪设想了……"

浙江大学在湄潭办学时，生活十分艰苦。竺可桢每次回湄潭，都会看望苏步青。

有一次，竺可桢看到苏步青正在屋旁的一块空地上，光着脚翻晒着当地人叫"山萝卜"的红薯，汗水打湿了他的衣服。竺可桢蹲下来，拿起红薯看了看，又闻了闻。红薯都快霉烂了，发出难闻的气味。

"苏教授，您晒红薯干什么？"

"我家这几个月都是用红薯蘸点盐巴充饥。"苏步青叹了口气说道，"我有六个孩子，一家八口，粮食不够吃,难啊!"

苏步青的现状让竺可桢心里很不是滋味。他决心帮苏步青一家解决吃饭问题。

苏步青有两个孩子在浙大附中读书,竺可桢找到校长胡建人,将苏步青家的困难告诉他,希望能让苏家的两个孩子享受公费膳食。胡建人很同情苏步青,当即同意竺可桢的建议。

这本是一桩喜事,谁知苏步青的眉头却蹙成一团,因为按浙大附中的规定,在学校住宿才可以享受公费膳食,而苏家已经穷得做不出棉被让两个孩子住校了。竺可桢只得又去找胡建人,最终苏家两个孩子作为走读生也享受了公费膳食,暂时减轻了苏家的负担。

竺可桢清楚,只有提高苏步青的待遇,才能真正解决苏家的困难。于是,竺可桢把苏步青作为"部聘教授"上报主管部门。获批后,苏步青的工资翻了一倍。

对竺可桢给予的各种有形和无形的"通行证",苏步青打心眼儿里感激,于是他更加努力教学,做研究。光是在湄潭期间,苏步青就写了不少重要的论文。

每次回忆起这段往事，苏步青就感叹："把教师当宝贝，这样的好校长，我们怎能不感动呢？只要是他让我做的事，不管情况如何困难，我都乐意去做。"

还有很多浙大教职员工像苏步青一样，都得到过竺可桢给予的"通行证"，解决了生活中的各种困难，得以心无旁骛地投入工作。

为于子三伸冤

一九四六年国民党反动派挑起内战,一边全面进攻解放区,一边大肆逮捕、屠杀反对内战的进步人士。国民党的倒行逆施激起了民愤,全国各地爆发了大规模学生运动,"反饥饿、反内战、反迫害"的呼声响遍全国。蒋介石暴跳如雷,骂学生是"暴徒",责令处置他们。

由于竺可桢没有惩罚参加游行的学生,被当时的浙江省政府约谈。竺可桢毫不退让,他义正词严:"学校处置学潮不能用武,应当以德服人。"

一九四七年十月,特务们秘密拘捕了四名浙大学生,其中就有学生会主席于子三。竺可桢担心他们被秘密杀害,便四处奔走,他找到警察局、省党部，设法解救学生。

当竺可桢找到浙江省政府时，得到的却是于子三已"畏罪自杀"的噩耗！竺可桢了解于子三，他品学兼优，怎么可能没有罪而"畏罪自杀"？！激愤的竺可桢责问，学生爱国有什么罪？！

浙江省政府主席被他问得一愣一愣的，张大嘴巴，说不出话来。

回到学校，竺可桢立即带领校医和两名学生代表去保安司令部追问于子三的死因，要求亲眼看到于子三的遗体。保安司令部的人以各种借口进行阻挠，但竺可桢执意要到监狱探个究竟。

午夜的监狱阴森潮湿，一股股呛人的血腥味扑鼻而来。只见于子三的遗体斜在床上，斑斑血迹已经凝固，变成了黑色，惨不忍睹。

从清晨到深夜，竺可桢不停地奔走在各部门之间，米水未沾，现在亲眼看到自己的学生如此惨死，愤怒、悲痛一起涌上心头，他眼前一阵天旋地转，几乎晕厥。校医见状，赶快搀扶他离开。打了强心剂后，过了好久，竺可桢才恢复力气。

当局要竺可桢在尸检报告上签字，见报告上

写着于子三在狱中"自杀身亡",竺可桢非常愤怒:"我只能证明于子三身亡,不能证明是'自杀的'。"他拒绝在报告上签字。

竺可桢不屈不挠,继续为于子三伸张正义。在接受《大公报》《申报》等媒体采访时,他说这是"千古奇冤",国民党当局对这起冤案有不可推卸的责任。他呼吁查明真相,惩治凶手。

"于子三惨案"引起公愤,浙大教授罢教、学生罢课,支持竺可桢校长,这在浙大是史无前例的。惨案发生后,杭州乃至全国各地的学生掀起了抗议国民党当局暴行的浪潮。

当局对竺可桢的行为非常恼怒,说他故意煽动学潮,蒋介石要他登报"更正"。竺可桢不怕威胁,坚持求是精神,他坚定地说:"报载是事实,我无法更正。"得知当局治安机关又以通共嫌疑为由要逮捕某些教授,竺可桢第一时间安排他们转移,多亏了竺可桢的保护,这些教授才幸免于难。竺可桢却因此被列入国民党特务的黑名单,但他毫不在意。

在与共产党的交锋中,国民党反动派节节败

退，蒋介石做好了逃往台湾的准备，竺可桢的老同学胡适也去了台湾。鉴于竺可桢的学识和威望，国民党不断派人前来劝说竺可桢，极力拉拢他去台湾，甚至捏造他已经去了台北的消息，蛊惑民众。

蒋介石的儿子蒋经国，被父亲指派亲自接竺可桢去台湾。竺可桢看清了国民党反动派的腐败无能，早已与孙中山先生提倡的"三民主义"背道而驰。尤其是"于子三惨案"让他彻底寒了心，他怎么可能追随这样的政党？竺可桢不但拒绝蒋经国的邀请，还劝说蒋经国也不要去台湾，蒋经国只得悻悻离开。

那时候，反动当局在做垂死挣扎，残忍杀害被捕的共产党人，暗杀不愿意去台湾的爱国人士。竺可桢的家人和朋友都为他的处境担忧。

一九四九年元旦，中国共产党杭州工作委员会给竺可桢发来了新年贺信，希望他坚持工作，保卫人民财产，参加新中国建设，这让他非常感动。

在与共产党打交道的过程中，他感觉到这是一个为劳苦大众服务的政党，与国民党完全不同。国民党统治下的黑暗社会，特务横行，他对那个腐败至极、软弱至极的政党早已彻底失望。竺可桢认定，留在大陆才是明智的选择。

同年四月，竺可桢收到国民党当局教育部主管部门的来电，说有要事商量，请他快到上海。他赶到上海后才发现这又是一个圈套，目的是让他去台湾，竺可桢再次拒绝。他听从一位朋友的建议，搬进了封闭的化学实验室，以躲避干扰。

阳光刺破乌云，光明战胜黑暗，五月的上海，迎来解放的喜讯。进城的解放军纪律严明，不拿群众一针一线，得到了老百姓的热烈拥护，上海人民欢天喜地地迎接光明的日子。看到这一切，竺可桢激动不已，他在日记里写道："解放军之来，人民如久旱之望云霓，希望能苦干到底，不要如国民党之腐化。科学对于建设极为重要，希望共产党能重视之。"

一九四九年九月，教育家马寅初接任浙大校长。竺可桢感到非常高兴，他终于可以卸下重担，回去从事自己钟爱的气象事业了。

新生活开始了

一九四九年十月一日，竺可桢受邀参加开国大典，站在高高的天安门城楼上，看到天安门广场上红旗招展，听到毛泽东主席向全世界庄严宣告：中华人民共和国中央人民政府今天成立了！天安门城楼上下一片欢腾，变成了欢乐的海洋。竺可桢无比喜悦，新中国成立了！新的生活开始了！他发誓要为新中国贡献自己的全部力量。

此前，在中国人民政治协商会议第一次全体会议上，竺可桢提出："努力发展自然科学，以服务于工业、农业和国防的建设，奖励科学的发现和发明，普及科学知识。"他的建议被采纳，并被写入《共同纲领》。中央人民政府对科学事业的重视，对竺可桢是很大的激励。

十月十九日，经中央人民政府委员会第三次会议讨论决定，任命竺可桢为中国科学院副院长，主要负责自然科学方面的工作。

这个时候的中国，家底薄、基础差，百废待兴，自然科学研究的底子更是薄弱。建立有利于新中国科学事业发展的研究机构是当务之急。

原气象研究所是竺可桢一手创建的，刚开始很多人都盯着他，看他怎么调整。竺可桢没有私心，而是根据工作的需要，把它降格为地球物理研究所内的一个研究室。有人对他这种调整很不理解："竺院长，气象研究所是您一手创办的，凝聚了您多少心血啊！您现在有权了，不但不抬高它，还降格！"

竺可桢解释道："国家重点扶持固体地球物理学，是因为它应用前景广泛，对新中国发展国民经济具有实际意义。而气象学与地球物理学联系紧密，理应这样设置。"之后的事实证明，气象学的发展不仅没有因为降格受限，反而因为与大气物理学联系紧密而得到了长足的发展。

此后，一些持观望态度的人，打心底里佩服竺可桢。"竺院长高屋建瓴，没有私心杂念，完全从发展新中国科学事业这个大局考虑问题啊！"

新中国科学事业的发展离不开大批优秀人才，竺可桢深知这一点。为了招揽人才，他以求贤若渴的态度、海纳百川的胸怀，物色、引进了一大批卓有成就的科学家到中国科学院工作。这些人中，有国内大学培养的，也有国外学成归来的，比如王淦昌、贝时璋、童第周等。中国科学院一时"明星"云集。

竺可桢力邀黄秉维到中国科学院当所长的故事一直被人们津津乐道。当时，竺可桢正在主持筹建中国科学院地理研究所，所长一职的人选难住了竺可桢。在竺可桢心里，所长人选不仅要学术造诣和学术威望高，而且还要能被南北的地理学家都接受。到底谁才能胜任呢？

竺可桢想到了黄秉维。"再没有比他更合适的人了！"于是竺可桢给黄秉维写信，诚意邀请他出任中国科学院地理研究所所长。没想到黄秉维一心只想搞科学研究，他回信说："断然不予考虑。"

但竺可桢认为他是一个不可多得的人才，于是转而跟他讲所长一职对新中国地理研究发展的重要性。多次力邀之后，黄秉维被竺可桢的诚恳打动，终于答应出任所长。后来，黄秉维当选中国科学院院士，被誉为继竺可桢之后中国现代地理学的"一面旗帜"，这也说明竺可桢看人是很准的。

工作上，竺可桢倾注了大量心血，在他的主持下，中国科学院各项工作平稳起步。一九五〇年六月，在中国科学院第一次扩大院务会议上，竺可桢宣布：科学院第一批十五个研究机构成立。从此，中国科学事业翻开了新的篇章。

处理繁忙工作的同时，竺可桢不忘"问天"，在百忙中挤时间做科学研究。在此期间，他修改了早些年写的《中国科学的新方向》，发表了《中国古代在天文学上的伟大贡献》《中国过去在气象学上的成就》等学术论文。

生活上，他的再婚妻子和女儿松松也从杭州搬到北京，一家人终于团聚。中国科学院院部在北海公园西南边，竺可桢的家在北海公园东北边。平时他都是步行穿过北海公园上下班。一来方便观察物候,二来有利于锻炼身体。

竺可桢一有空就教松松怎么观察物候,还送给她漂亮的笔记本,他出差时,就叫妻女帮忙到北海公园观察做记录。

这天竺可桢刚回到家,松松就拿出本子给他看:"爸爸,这是我观察北海公园做的记录,您看。"

竺可桢接过女儿递来的本子仔细翻看,不时点头微笑。他先夸女儿观察细致,然后问她:"梅花是红色的还是白色的?"松松想了想说:"有红梅,也有白梅。"

"红梅多还是白梅多?"他追问。

松松抓了抓头发,歪着头想了想说:"我没有数,大概是红梅多吧。"

"做科学研究要认真严谨,求真务实。一就是一,二就是二,不能说也许、大概。"竺可桢摸摸女儿的头说,"在学习上也要有这种求是的态度,明白了吗?"

松松吐了一下舌头,不好意思地说:"明白了。爸爸,我以后也要像您说的那样求真务实!"

不得不打的报告

自然资源是人类生存发展的物质基础。长期以来，我国自然资源分属不同部门管理，存在很多问题，例如标准不统一、内容交叉、数据混乱等，这使得新中国对自然资源的合理开发与保护成为难题。一九五五年经国务院批准，中国科学院成立"综合科学考察工作委员会"，竺可桢兼任主任。

竺可桢曾多次组织考察队，并带队考察，其考察足迹遍布神州大地。一九五〇年五月，他任东北考察团团长，先后考察辽宁、吉林、黑龙江，走遍了白山黑水；一九五一年五月，他精心组织，派出西藏科学考察队；一九五四年，他亲自去黄河流域考察二十余天；一九六〇年，竺可桢先后考察四川、云南两省。他走过成都平原，爬过崎岖的峨眉山，渡过美丽的大渡河，游过邛海，进过雅砻江大峡谷……

这样的工作量，连年轻人都吃不消，而竺可桢却不叫苦、不叫累。每次到野外考察，竺可桢都会带温度计、罗盘、照相机、笔记本等。他边考察边记录，地区、海拔、温度、植物等信息都记录得非常详细。有时，吉普车开在坎坷不平的路上，颠簸得像跳舞，竺可桢一会儿被弹起，一会儿被抛下，字写得歪歪扭扭，但他依然坚持每隔十多分钟就做一次记录。

每次考察回来，竺可桢都会向国家提交考察报告，如《中国东北地区的气候特征和气候区域》《东南季风与中国之雨量》等。这些高质量的考察报告，有利于人们了解新中国各地的气候、环境、自然资源等情况，为资源、环境和区域协调可持续发展，为新中国经济建设提供了可靠的科学依据。

我国西北部的几处沙漠地带沙害严重，一九五八年底，中国科学院决定开展沙漠科学考察和研究，由竺可桢组织，率领近千人的治沙大军进驻这些沙

不得不打的报告

漠地带。

茫茫沙漠，黄沙万里，寸草不生，人迹罕至，满目苍凉。竺可桢内心十分焦急，但不气馁，他鼓励大家说，沙漠是可以治理的。

根据竺可桢的倡议，一九五九年中国科学院成立了专门的治沙机构。此外，中国科学院还在西北地区设置了六个治沙综合试验站和二十个治沙中心。

不仅如此，竺可桢还著文为改造沙漠呼吁，提出解决沙漠问题迫在眉睫。《改造沙漠是我们的历史任务》《向沙漠进军》等文章发表在《人民日报》上，《向沙漠进军》后来被收进中学语文教材。

天然橡胶与石油、钢铁、煤炭并称为"世界四大工业原料"，是国防和工业建设不可或缺的重要战略物资。天然橡胶如此重要，可是它的生长极受地理条件限制，植胶界公认橡胶树在北半球只适宜在北纬十七度以南生长。西方国家扬言，中国没有一寸土地能够种活橡胶树。

朝鲜战争爆发后，西方国家对新中国实行经济封锁和全面禁运，天然橡胶是主要禁运的战略物资之一。当时的新中国，天然橡胶主要依赖从东南亚产胶国进口。为了粉碎西方国家的阴谋，不被"卡脖子"，满足本国国防建设和经济发展的需要，党中央做出重大战略决策：在我国华南地区建立天然橡胶生产基地，发展新中国天然橡胶事业。

但是，在种植橡胶树的过程中暴露出不少问题。一九五七年二月，春寒料峭，竺可桢带领科学考察队，冒着寒风从北京飞到广州。这次的任务是考察海南岛、雷州半岛的橡胶发展情况。一起参加考察的，还有苏联的专家。竺可桢带领科学考察队每到一个橡胶垦殖场，都详细观察橡胶树的种植情况，连同气象数据、生态环境、土壤情况等一起做记录。

在考察过程中，竺可桢发现了不少问题。比如，人们忽视当地小气候，不考虑土壤因素等，在不适合种橡胶树的地方盲目扩大种植，致使橡胶树被冻伤，大面积死亡。

有的地方为了多种橡胶树，大面积砍伐、焚毁灌木森林，造成环境污染、土壤退化，有的地方甚至出现石漠化，有的地方开荒后变成了沙荒地。

看到这些情形，竺可桢非常痛心，写了《雷琼地区考察报告》，准备向全国人大常委会反映情况，制止这种盲目扩大橡胶树种植的行为。

一位专家提醒他："竺院长，当今国家太需要天然橡胶了。林业部专家又提出将橡胶树种植范围扩大到北纬二十二点五度，这时候您千万不要打这样的报告。"

竺可桢当然知道种植橡胶树是战略需要，关系到国际政治，打这样的报告要冒政治风险的。可是，如果不制止那些盲目行为，生态环境被严重破坏，国家损失将会更大。在政治风险与科学家的良知之间，他选择了良知。

竺可桢向全国人大常委会提交了报告，呼吁保护自然环境、保护当地生态，并且提出具体建议。比如，北纬二十二点五度左右地区，橡胶树根本无法生长。雷州半岛以及粤西地区，橡胶树生长不良，应该考虑放弃。不适宜种橡胶树的地区，不要大规模种植。国家很重视他的建议，压缩了粤西地区的橡胶树种植规模，对此竺可桢颇感欣慰。

一九六一年夏天，竺可桢参加南水北调讨论

会，会后他又到四川西北部的阿坝地区考察。阿坝地区属于典型的高原地区，路途遥远，山路崎岖不平。大家怕古稀之年的竺可桢身体吃不消，纷纷劝他乘坐舒适的轿车或者飞机，竺可桢一一拒绝。他说自己不是来享福的，是来实地考察的。"考察就是要脚踏大地，攀爬高山，感受真实的气温，零距离观察物候。"

高山之上，不同的海拔有不同的风景、不同的农作物、不同的气候。吉普车行驶在山路上，从山巅到峡谷仿佛经历了一年四季。竺可桢这样记录这段经历："6月3日早晨从阿坝县出发，路过海拔3600米处，水沟尚结冰。行244公里至米亚罗，海拔2700米处，已入森林带，此处可种小麦，麦高尚未及腰。更前行100公里，在海拔1530米处，则小麦已将黄熟。更下行至茂汶海拔1360米处，则正忙于打麦子。晚间到灌县，海拔780米处，则小麦已收割完毕。"

他将海拔从高到低的不同农事，做了详细记录。这些珍贵的考察资料，成为他后来写《物候学》时真实可靠的材料。

考察回来后，竺可桢综合多种信息，提出南水北调的设想：引雅砻江的水，穿过巴颜喀拉山口，最后注入黄河。

从北到南，从东到西，竺可桢的考察足迹遍布高原、草原、沙漠、湖海……行程数万里。野外考察危险重重：汽车抛锚在戈壁滩上，寒风刺骨的深夜传来阵阵凄厉的狼嚎；考察南水北调引水路线，攀爬高山，随时会遇到山体滑坡、泥石流……但他本着求是精神，不畏艰难，继续前行。

菊香书屋谈天地

跟共产党人打交道几十年，竺可桢深信这是一个值得信赖的组织，于是申请加入中国共产党。在《入党志愿书》中，他详细回顾了自己的思想变化，更坚定只有中国共产党才能救中国的信念。

一九六二年"七一"前夕，七十二岁高龄的竺可桢正式成为一名共产党员。

中国科学院院长郭沫若，与竺可桢共事多年，深知他的学识与人品，懂得他的一片赤诚，欣然提笔，写了一首词，赠予他：

>雪里送来炭火，炭红浑似熔钢。
>
>老当益壮高山仰，独立更生榜样。

> 四海东风骀宕（dài dàng），红旗三面辉煌。
> 后来自古要居上，能不发奋图强？

"骀宕"同"骀荡"，经常用来形容春天的景物。这与竺可桢当时的心情十分贴切，如沐春风。他感谢老上司的赠词，也深感任重道更远。

年逾古稀的竺可桢热泪盈眶，他在日记本上写道："我终于找到了自己的归宿！"

民以食为天，一九六三年初，中共中央提出"把发展农业放在首要地位"。全心全意为人民服务就要解决人民关心的问题啊。怎么用自己学到的知识为农业生产服务呢？竺可桢不断思考着。

在中国科学院党组扩大会议上，竺可桢根据自己多年气候考察研究的结果，阐述了自然科学与农业生产的关系，提出了利用气候促进农业生产等建议。经过反复的实验与观察论证，最终竺可桢写出《论我国气候的几个特点及其与粮食作物生产的关系》。

在这篇文章中，竺可桢提出："气候既仍为目前粮食生产增减的一个重要因素，吾人急应分析气候如何影响粮食生产，并进一步探讨如何利用一个地方气候的有利因素而减少或免除一个地方气候的不利因素。"他分析了影响粮食生产的三个气象要素（太阳辐射总量、温度和雨量），提出了增加粮食产量、发展农业生产的设想。

毛主席在一本内部刊物中读到了这篇论文，非常高兴，邀请竺可桢到中南海谈话。

毛主席接见他的情形，竺可桢在当天的日记里是这样记录的："下午一点钟得毛主席电话，要我去中南海谈话，并说只约了仲揆和钱学森。我到中南海怀仁堂后的（乙组）时，见毛主席卧室两间，外间外摆图书，内室一大床，桌、椅、床上也摆满图书。他卧在床上与我握手后，床前已摆好三椅，我坐下正要问好，他就先说见到我关于《中国气候的几个特点》文（已摘录在《科学技术研究动态》第（274？）号中）。我就说明这是去年杭州地理学会所提论文。他就说农业八字宪法'水、土、肥、密、种、保、工、管'外，又加'光与气'。他对于太阳光如何把水和碳氧二〔二氧化碳〕合成为碳水化合物有兴趣。未几仲揆和学森来，就大家谈地球形成之初情况，如何空气合成了许多煤与石油，动植物如何进化。他又提到无穷大与微观世界、正电子与反电子的辩证法。仲揆谈到南雄近来铀矿有发现。问钱学森反导弹有否着手，目前毫无基础，毛主席以为应着手探研。谈到仲揆造山运动和冰川，因此谈到地质时代气候变迁与历史时代气候的变迁。毛主席又问到近来有否著作可以送他看。三点告别。"

日记中提到的"仲揆"，是我国现代地球科学和地质工作奠基人李四光。而钱学森，被誉为"中国导弹之父"和"两弹一星"元勋。

毛主席日理万机，身体欠佳，但他还是约见了三位科学家，卧在床上跟他们谈了两个小时。可见毛主席对中国的科学事业是多么重视，这令竺可桢非常感动。

论文修改后在《地理学报》上发表，《人民日报》《光明日报》等马上转载。《论我国气候的几个特点及其与粮食作物生产的关系》成了指导中国农业生产的经典性文献。

有人跟竺可桢开玩笑说："农业'八字宪法'

只是管地,您老的文章厉害了,连天都管了。难怪毛主席他老人家都夸您的文章好呢!"

竺可桢满面春风。研究"天"的奥秘,就是为百姓造福啊!

向太空进军

一九七〇年四月二十四日,这是令中国人难忘的日子。

神州大地,生机勃勃。在鲜花的芬芳中,在春风的吹拂下,"东方红一号"一飞冲天,飞向神秘的宇宙。"东方红,太阳升……"嘹亮的乐声飘荡在深邃的星空中,从太空传回地球。

中国第一颗人造地球卫星发射成功了!中国人民沸腾了!

同年"五一"国际劳动节,竺可桢应邀登上天安门城楼观礼,和军民一起庆祝我国第一颗人造地球卫星发射成功,一起聆听中央人民广播电台播送从卫星传来的《东方红》乐曲。为了这一刻,我们奋斗了很久。年逾八十岁的竺可桢热泪盈眶，思绪万千。

一九五七年，苏联成功发射人类史上第一颗人造卫星，震惊世界。

为了更好地维护国家安全，中国也要迈向太空。毛主席提出："我们也要搞人造卫星！"作为中国科学院副院长的竺可桢，积极响应毛主席的号召，立即组织科学家研制人造卫星。当年那个孩子满脸好奇地"问天"，后来研究了"天"的奥秘，现在又要组织人员研究"上天"的卫星了。

唐代诗人杜甫有句诗"人生七十古来稀"，竺可桢没有躺在功劳簿上，而是像曹操说的那样"老骥伏枥，志在千里"。

对竺可桢来说，星际航行是个崭新的领域。为了向苏联学习科学技术，便于和苏联专家沟通，已经通晓几门外语的竺可桢，还专门请了一个俄文教师。他戴着老花镜，像小学生一样从零开始学习星际航行知识，遇到不懂的地方就问，一点儿也不觉得掉价。有人劝他："竺院长，您年纪这么大了，工作这么忙，这些新知识就不用学了吧。再说，您已经是名扬中外的气象学家了,好好休息,享受生活吧!"竺可桢却说:"学不可以已。"他认为担任中国科学院的领导,一定要掌握更多的知识,不能只懂自己的专业。

竺可桢对中国的卫星事业充满信心,写诗以抒怀言志:

呼风唤雨又何难,驾雾腾云已等闲。
三节长虹追玉兔,一轮落日照银丸。
排山倒海冲牛斗,披月戴星入广寒。
此去人人仙境达,不问白发与红颜。

可是,由于当时技术不够先进,加上国家财政困难,我国制研人造卫星的计划一度搁置。

一九六四年的金秋十月,我国自行研制的第一颗原子弹试验成功!看着升起的蘑菇云,竺可桢、赵九章深受鼓舞,更期待人造卫星能早日"上天"。

于是,赵九章给周总理写信,他认为人造卫星的发射条件已经成熟,应当尽快恢复人造卫星研制工作。他的建议得到了中央的批准,竺可桢立刻着手组织、推进卫星的研制工作。中国科学院成立了卫星设计院,任命赵九章为院长,负责"东方红一号"卫星总设计工作。

一九六五年,七十五岁的竺可桢原本被安排到北戴河休养,但他放弃休假,不顾年迈的身体,亲自到河西走廊考察,给中国航天事业选基地。经过详细考察,综合考虑多方面的因素,竺可桢选中酒泉作为卫星发射预选地点之一。卫星研制的组织工作完成了,竺可桢才舒了一口气。

经过多年的奋斗,中国第一颗人造地球卫星"东方红一号"终于上天!

梦想成真,竺可桢激动万分,写诗庆祝:

神州创业本天成,火箭腾空宋代惊。
今日歌音绕寥廓,夺人事迹有先声。

最后一篇日记

一九七〇年前后，国际气象界某些学者对未来持悲观态度，认为地球将出现"小冰期"，将来地球都会被冰雪覆盖。虽然这种观点在国际上颇为流行，但竺可桢并不认同，他决心结合近几年的研究成果修订《中国近五千年来气候变迁的初步研究》，证明自古以来地球上气候的变迁是周期性的。

这时候，竺可桢已是一位耄耋老人了，身体在走下坡路。有一次竺可桢疲劳过度眼前发黑晕了过去，医生劝他不要太过操劳。可年龄越大，身体越差，竺可桢越是有紧迫感。还有那么多研究工作没完成，怎么能停下脚步呢？使命感、责任感促使他一次次投入科研工作。

儿子竺安看到年迈的父亲戴着老花镜，弓着清癯（qīng qú）的身子，在书海中查阅资料，修改论文，很是心疼。

"爸爸，您以前不是写过这篇论文吗？"竺安给老父亲揉背。

"那是六年前写的了。现在很多情况发生了变化，我掌握的资料也比以前多，需要修改。而且，那次是用英文写的。"

竺安建议父亲请人翻译，可竺可桢执意要自己翻译。"我还要增加新内容呢。"他安慰竺安，"我的身体扛得住，还能坚持下来。"

其实，竺安也知道，父亲的身体一年不如一年，支撑老父亲在耄耋之年仍坚持做科研的，是他科学强国的理想和继续为祖国的科学事业做贡献的信念。

一九七二年，修改后的《中国近五千年来气候变迁的初步研究》发表了。这是竺可桢穷尽半生研究，经过几十年的思考得出的成果。文中他把中国五千年气候变化的历史分为四个时期：考古时期（约公元前3000—1100年）、物候时期（公

最后一篇日记

元前1100年—公元1400年)、方志时期(公元1400—1900年)、仪器观测时期(从公元1900年开始),否定了当时国际流行的"世界将进入小冰河时期"的观点。

《中国近五千年来气候变迁的初步研究》发表后,许多国家的自然科学杂志转载了竺可桢的这一文章,刊载语言多达十一种,文章在国内外受到了广泛好评。复旦大学中国历史地理研究所谭其骧在给竺可桢的亲笔信中说,此文"无疑应列于世界名著之林"。

英国《自然》周刊也对这篇文章给予了高度评价:竺可桢的论点是特别有说服力的,他的论著着重阐述了历史上气候变迁的经过。西方的气候研究学者无疑将为得到这篇综合性研究文章而感到十分高兴。

竺可桢为中国科学界争了光,周恩来总理接见竺可桢时向他道贺,并希望竺可桢把他的研究成果做通俗的介绍,向大众推广,让小孩子也能看得懂。竺可桢深受鼓舞,向周总理许诺:生命不息,奋斗不止,总理交代的任务,他一定完成。

一九六四年，竺可桢抱病修订《物候学》。该书首次出版于一九六三年，是他和他的学生宛敏渭合著的一本科普书。

这次修订《物候学》，竺可桢吸收新的研究成果，增加了《一年中生物物候推移的原动力》等新内容。为给物候学研究提供新证据，他将黄河流域的"九九歌"和"二十四番花信风"等内容加进书中。可是由于种种原因，修订的《物候学》直到一九七三年才出版。拿着这本凝聚着他无数心血的新书，竺可桢激动得流下了眼泪。他在日记中写道："得此书亲切如见自己的小孩。"《物候学》得到了国内外学术界的高度评价，称赞此书"将我国物候学带入了新纪元"。

一九七四年一月二十四日，是大年初二。在此起彼伏的鞭炮声中，竺可桢低烧并发肺炎，再次住进北京医院。

虽然身体越来越差，但竺可桢还是坚持观察物候，坚持写日记。他预感自己的生命已进入倒计时，便提前交了最后一次党费。

面对死亡，他很坦然："我们应以达观为怀，有生必有死，这是科学的规律，我们生活在这一伟大的时代里，我们生逢其时，一生可以胜过古代千载。我们是多么幸福啊！"

一九七四年二月六日，病危的竺可桢动不了身，没办法出去观察物候。他躺在床上，通过半导体收音机收听天气预报，并颤巍巍地拿起笔写下当天的日记："1974年2月6日，气温最高零下1℃，最低零下7℃，东风1—2级，晴转多云。"写到这里他感觉很累，便放下笔歇了一会儿。他觉得还要补充什么，又拿起笔，在旁边写上"局报"二字。

这是竺可桢的最后一篇日记。第二天，他的生命定格在八十四岁。

虽然竺可桢走了，但是他的精神永存，就像明亮的星星一样，闪烁在永恒的星空。